ベリーズ文庫

エリート外科医と過保護な蜜月ライフ

花音莉亜

JN167462

STARTS
スターツ出版株式会社

目次

エリート外科医と過保護な蜜月ライフ

最悪な出来事です？

「不運だったね、小松《こまつ》さん。でも、これからのことは心配しなくていいから」

「はい……」

直属の上司である杉山《すぎやま》課長が、ベッドで横になるしかない私に同情的に言った。

「これは完全に労災だ。会社からささやかではあるが、お見舞いとして特別室を用意させてもらった。どうかな？」

「とても、ありがたく思います。ありがとうございます……」

「それならよかった。焦らず、ゆっくり治しておいで。それじゃあ、僕は帰るから」

「本当にありがとうございました。皆様にも、よろしくお伝えください」

課長は笑みを見せてから、部屋を出ていった。と同時に、私は深いため息をつく。

お見舞いにと持ってきてくれた色とりどりの花束は、ガラスの花瓶に生けられて、チェストの上に置かれている。

それを見つめながら、涙が溢《あふ》れてきた。

私はつい昨日、営業で取引先へ行く途中に事故に遭《あ》った。信号待ちで停《と》まっていた私の車に、脇見運転の車が突っ込んできたのだ。

私は救急車で病院に運ばれ、右足の骨折と神経損傷で緊張手術。そのお陰で、一カ月の入院生活を宣告されたのだった。

「もう……最悪」

涙が一筋流れてきたとき、コンコンとドアがノックされて慌てて拭った。

「小松さん、調子はどう？」

部屋に入ってきたのは、白衣姿の堂浦柊也《どううらしゅうや》先生だ。

堂浦先生は、三十歳になる優秀な外科医。私は健康が取り柄で、これまで病院とは無縁だったけれど、それでも彼の名前と顔は知っているくらい有名な先生だ。

なぜなら、とにかくルックスがいい。長身で手足が長く、若干タレ目の甘い顔立ち。通った鼻筋と適度な厚みの唇、そして自然な感じでアレンジされた黒髪。

目を引く外見に加え、先生はこの『ソンシリティ病院』の御曹司でもある。彼の祖父が理事長で、父親が院長をしている。

さらに腕のよさも一流で、アメリカで難しい手術を成功させたとかで、一躍有名人になった。

イケメンエリート外科医としてメディアでも取り上げられるほど有名な堂浦先生に、

なかった。

まさか手術をしてもらい、主治医として診てもらうことになるなんて、想像もしていなかった。

「麻酔が切れてきたからか、痛みが少しあります……」

素直に言うと、先生は私の額に手を当てた。温かくて大きな手だ。指も長い。

「微熱があるな。点滴には抗生剤も含まれているから、そのうち引くと思う。今日はゆっくり休んでいよう」

「はい……」

「一週間もすれば、リハビリができるようになるから、それまでの我慢だ」

「リハビリ……ですか？」

「そうだ。歩行訓練をしないといけないからな。他になにか症状は？」

小さく首を横に振ると、先生は点滴袋と足のギプスを確認して部屋を出ていった。

有能な先生だとは分かっているけれど、口調がぶっきらぼうで表情もポーカーフェイス。話しづらい雰囲気で、私は苦手だった。

リハビリをしないといけないなんて、憂鬱《ゆううつ》……。というか、やる気がまったく出ない。

だいたい、この事故のせいで、私は営業担当をすべて外された。私の取引先は同期や後輩たちに振り分けられたらしく、そこには大口の取引先も含まれている。

今まで地道に努力をして得た顧客を、一瞬にして失ってしまったうえ、課長からは会社のことは心配しなくていいと言われた。

私が勤めているのは大手飲料メーカーで、業界でも一、二を争う大企業。私はそこで、主に小売店をメインに営業をしている。

入社四年目。二十六歳になった私には、後輩もでき、贔屓《ひいき》にしてくれる顧客もできた。なかなか数字が出ないときは落ち込んだりもしたけれど、この一年近くは、営業部の売上成績トップ5に入る数字を上げられている。

今回は、大事なプロジェクトの責任者を任されていて、それを成功させれば主任に昇格がほぼ確定だったのに。それも、同期の中では異例のスピード昇進で。

それが、プロジェクトが成功するどころか、打ち合わせだって終えられないまま事故に遭って入院をし、抜けることになったのだから本当に最悪。人生で、ここまで自分の状況を恨めしく思ったことはない。

課長の言葉だって、それが優しさだって分かっている。気遣いだとも。でもやっぱり、つらかった……。

「小松さん、昨日も言ったが、なんでリハビリをしないんだ？」

入院から一週間経《た》った頃、今日も険しい顔をした堂浦先生がやってきた。

ベッドで読んでいた文庫本を半ば乱暴に取り上げられ、私は睨《にら》むように先生を見た。

生意気だと分かっているけれど、無理やり本を奪う必要はないと思ったからだ。

「早く治っても、意味がないからです」

「意味がない？」

「はい。だって私、戻る場所がないから……」

「どういう意味だ？」

怪訝《けげん》な顔を向ける先生に、私は会社での状況を正直に話す。大事な取引先をすべて失ったこと、昇進がかかったプロジェクトの責任者を外されたこと……。

同情をしてほしいわけではないけれど、少しでも分かってほしかった。

だけど、私の話を聞き終え、先生は大きくため息をついた。まるで、これみよがしといった感じに……。

「考え方が甘いんだな」

「え？」

まるで想像もしていなかった返しに、絶句してしまう。

甘いって、どういう意味？

呆然《ぼうぜん》とする私に、先生は冷ややかな目を向けた。

「きみは、組織に属しているんだ。自分が抜けた穴を、周りが埋めてくれている。そういう感謝の気持ちは持てないのか？」

そう言われ、反論する余地がない。感謝の気持ちなんて、まるで持っていなかったから。

「悔しいなら、復帰しても必要とされるくらいに、自分を成長させればいいだろ？」

先生の言うことが正論すぎて、涙が浮かんでくる。

でも、入院中なのに、自分を成長させるだなんて、どうすればいいというんだろう。

「先生には、分からないんですよ……。エリートで、見た目もよくて、家柄も。なにもかも持ってる先生には、私の気持ちが分からないんです」

八つ当たりをしている――。

それは自覚しているけれど、先生の突き放すような言葉を素直に聞くことができなかった。そして、ほとんど衝動的に手を差し出していた。

「なに？」

怪訝な顔をする先生を、私は思いきり睨む。

「本を返してください。読書は、自分を成長させることのひとつですから」

先生の言葉を受けて、最後の抵抗をすると、あっさりと本を返してくれた。

「リハビリも、成長する経験になる」

そう言い残し、先生はさっさと部屋を出ていった。

あんなふうに言われたら、ますますリハビリなんてしたくなくなる。

憮然《ぶぜん》としながら本をめくるも、なぜだか全然集中できない。本を閉じ、窓に目を向けると、外は青い空が広がっていた。

気持ちよさそう……。せめて、外を散歩しようかな。

だけど、万が一でも堂浦先生に会うと気まずい。あんなやり取りをしたあとだし。

すっかり気持ちが萎《な》えた私は、結局布団をかぶって目を閉じた……。


「リハビリは？」

相変わらず今日も、堂浦先生に会うとその言葉を投げかけられる。まだ診察まで時間があるから本屋に向かっていたのに、ばったりと出くわしてしまった。

病院の一階には、小さなコンビニや軽食を売っている売店、それに本屋がある。私は車椅子でエレベーターから降りたところだった。

しまった――と、気まずく感じながら先生を見る。

「予約が取れませんので……」

ほとんど視線を逸《そ》らしながら言うと、先生の低い声が聞こえてきた。

「三日間もか……？　まさか、当日予約をしているんじゃないよな？」

ドキッと嫌な汗が流れそうになったのは、図星だったから。

先生の言いつけ通り、〝一応〟それなりの行動を取ってみた。だけど、本当は分かっている。当日に予約なんて取れないことを……。

返事をしないでいると、先生の大きなため息が聞こえてきた。

「いつまでも、足が不自由なままでいいのか？　小松さんは、リハビリ次第で元通り歩けるようになるんだぞ？」

また、それ――。

先生を、睨むようにして見上げた。

「私は、必要とされてないんです。早く治して、どうするんですか？　さっさと惨めな思いをしろと？」

会社に戻ったって、一度担当替えをした取引先を取り戻すのは難しいと分かっている。なぜなら担当者がころころ替わると、顧客からクレームが出るからだ。

だとしたら、私は復帰してなんの仕事があるの？　考えただけでも虚《むな》しくなってくる……。

「それは、きみの問題だろう？　そこに病院を巻き込まないでほしい。怪我がよくなれば、退院してもらわないと困る」

先生は眉間に皺《しわ》を作り、両手を腰に当てている。私はなにも言い返せず、仁王立ちして見下ろす彼から視線を逸らすと、その場を通り過ぎた。

堂浦先生は呼びかけることもなく、しばらくして振り向くと姿はもうなかった。

自分でも、めちゃくちゃなことを言っていると分かっている。でも今は、誰にもこの言いようのない孤独感と、焦りを受け止めてもらえず、素直になることができなかった。

本屋は、外来の待合室とは反対側にあるため、比較的静かだ。ときおり遠くから、外来患者を呼び出すアナウンスが聞こえてくるくらい。駅の売店程度の広さの本屋だけれど、雑誌から文庫まで意外と種類があり驚いてしまった。

「どれにしようかな……」

点滴をつけたまま本を探している女性や小さな子供もいる。人に当たらないよう、車椅子を動かしながら本を物色していると、一冊の雑誌が目についた。

それは月刊の経済誌で、飲料メーカーの特集をやっている。思わず手に取り、パラパラとめくると、私の勤務する『タチバナ飲料』も紹介されていた。

どうしよう……。買おうかな。でもここへ来たのは、小説を買うためだったし……。業界の将来性とか他社の動向などが書かれてあって興味はある。ただ、会社のことを考えると、どうしても切なくなってくるから、読めるかどうか……。

やっぱりやめよう。

そう思い、文庫の棚に向かったけれど、好みの本が見つからない。

仕方がないから、諦めて部屋へ戻ろうと、ため息交じりに本屋を出て廊下を進んでいたとき、正面から白衣姿のお医者さんがやってきた。

医者……という立場の割には、少し派手な雰囲気の人。栗色の髪は、自然な感じに流れていて、目鼻立ちが整った端整なルックスをしている。

誰かに似ている。しかもどこか見覚えがあるような……。

ちらちら見ながら車椅子を進めていると、その先生も私に視線を向け、口を開いた。

「久美《くみ》ちゃん!?」

「えっ？」

車椅子を進める手が止まり、先生を見つめる。懐かしそうに微笑《ほほえ》む先生の名札には、

〝堂浦隆斗《たかと》〟と書かれてあった。

「ま、まさか。隆斗先輩ですか⁉」

驚きで目を見張る私に、先輩は大きく頷《うなず》いた。

「そうだよ。懐かしいな、久美ちゃん。一瞬、誰かと思ったけど。大人っぽくなった」

隆斗先輩は、私の二歳年上の高校時代の先輩。同じ陸上部に所属していて、お世話になっていた人だった。

先輩が医大に進学したのは知っていたけれど、連絡は取っていなくてそれっきり。まさか、ここで再会するなんて、思わぬ偶然に興奮しそうになる。

「先輩、ここで勤務されていたんですね？」

「うん、まあ。久美ちゃんは……足を怪我してるんだね」

心配そうに腰を屈めた先輩に、私は小さく微笑んだ。

「はい。実は……」

勤務中に事故に遭ったことを説明すると、先輩は真面目な表情で頷いている。

高校時代にかわいがってくれた先輩ということもあり、私はすっかり心を許していた。

「じゃあ、久美ちゃんは外科に入院中なのか。まさか、主治医は兄貴とか？」

話を聞き終えた先輩は、まっすぐ立って私に苦笑した顔を向ける。

すぐには言葉の意味が分からなくて、彼を見つめるだけ。

すると先輩は、自分の名札を指差した。

「堂浦柊也って外科医、いるだろ？　俺の兄貴なんだよ」

「えっ⁉」

そういえば、名字が一緒……。事故のショックが大きくて、堂浦先生の名前を聞いても、隆斗先輩と結びつかなかった。

誰かに似ていると思ったのは、堂浦先生だったんだ……。

「気がつかなかった？　まあ、高校生の頃は、全然家族の話をしてなかったもんな」

「はい……。まさか、先輩が堂浦先生の弟さんだったなんて……」

でも、性格は真逆だと思う。隆斗先輩は、学生の頃から親しみやすく、社交的な人だった。あんなぶっきらぼうな先生とは違って……。

「驚くよな。俺は内科が専門なんだ。久美ちゃん、時間が作れたらお見舞いに行くよ。病室を教えて」

「えっ⁉　そんな、申し訳ないです。先輩は、お忙しいんですから」

「大丈夫だよ。俺は兄貴と違って、時間にもゆとりがあるから」

笑みを見せる隆斗先輩に、私は申し訳ないと思いつつ、自分の病室を伝えた。

「へえ。会社の厚意で、個室にいるのか。いい会社だな。じゃあ、また顔を見に行く。お大事に」

「はい、ありがとうございます。隆斗先輩も、無理されずに」

挨拶を交わした私たちは、そこで別れる。

〝いい会社〟か……。きっとそうなんだろうけど、素直に喜べない。

ただ、思いがけない再会に、嬉《うれ》しさが込み上げてくる。

先輩は、高校時代にはとても人気があり、陸上部でもみんなの憧れの的だった。私も、優しくて場の空気を明るくする先輩に憧れていたけれど。

ここの病院の息子さんだったことには驚いたな……。しかも、堂浦先生の弟さんだなんて。

そんなことを思いながらエレベーターの前まで着いたとき、救急車のサイレンが聞こえてきた。急患が運ばれてきたらしい。ここでは頻繁にあるから、だいぶ慣れてしまったみたい。

「また救急車だね。今日も堂浦先生が対応するんだろ?」

「そうだろうねえ。先生は名医だから、しょっちゅう急患対応で、大変なんじゃないかね」

ふと背後から、年配女性のそんな会話が聞こえてきた。

そうなんだ……。すごい先生なのは分かるけど、私はやっぱり苦手だな。

隆斗先輩と再会したからか、余計にそう思ってしまった——。


「小松さん、そろそろリハビリしましょうね」

翌日、看護師さんが笑顔でやってきて、私は渋々頷いた。

やる気はまったくないけれど、いつまでも病室にいるわけにはいかないから。

「よかった。小松さんがリハビリを受けてくれないから、心配してたのよ」

「すみません……。なかなか、やる気が出なくて……」

バツが悪い思いで謝ると、看護師さんは優しく微笑んだ。

「そういう患者さんは、多いんですよ」

「はい……」

優しい言葉に胸が熱くなる。

堂浦先生からも、そう言われたかったのに……。看護師さんのほうが、よっぽど私のことを分かってくれているみたい。

車椅子でリハビリルームのあるフロアへ向かうと、途中で堂浦先生を見かけた。反射的に、車椅子を動かす手が止まる。

先生と顔を合わせるのが、なんだか気まずいな……。

どうやら、四、五歳くらいの男の子と話をしているみたいで、腰を下ろして男の子と目線を合わせている。

リハビリルームへは、ここを通るしかないから、知らぬ顔で通り過ぎてしまおう。そう思って車椅子を動かしたとき、ふたりの会話が聞こえてきた。

「先生、本当にママ大丈夫だよね？」

ママ……？　ということは、この男の子のお母さんが入院しているのかな……？

盗み聞きする気はないけれど、ふいに聞こえてきた会話に耳を傾け、車椅子のスピードが落ちてしまった。

「ああ、きっと大丈夫。ママはリハビリを頑張っているだろう？　だからきみが、悲しい顔をしてちゃダメだ」

「うん……。本当だよね？　先生を信じていいんだよね？」

「もちろん。先生のことは信じてほしいけど、ママのことは、もっと信じてあげてほしい」

先生の穏やかで優しい声がする……。

「うん！　分かった。ママ、何カ月もずっと頑張ってるもんね」

不安そうだった男の子の声は明るく変わっていて、私の横を足早に去っていった。

リハビリを頑張っている……。

もしかしてあの子はお母さんに会いにリハビリルームへ行くのかな。何カ月もずっとって、大きな病気でも患《わずら》っているのか……。

「小松さん、やっとリハビリに行く気になった？」

背後から先生の声がして、私は止まって振り向いた。

「はい……」

なんだか、気まずいな……。行く気にはなったけれど、やる気は全然なかったから。

先生と男の子の会話を聞いたあとだからか、余計に顔を合わせづらかった。

「それなら安心だ。早く退院してもらわないと、困るからな」

「分かってます……」

まともに先生を見られなくて、小さく会釈をすると、リハビリルームへ向かった。

あの男の子はまだ小さいから、お母さんのことで心細い思いをしているんだろうな……。きっと、お母さんも必死に頑張っているんだ。

それなのに私は……。

自分を情けなく思っていたとき、脳裏に先生の言葉が浮かんだ。

『考え方が甘いんだな』

その意味が、少し分かった気がする――。

先生の笑顔に調子狂います

　私が利用するリハビリルームは入院患者用のもので、今日もあの男の子の姿を見かけた。昨日も来ていて、堂浦先生と話をしていたっけ。

　お母さんらしき痩せた女性が、男性理学療法士さんと歩行練習をしている。

　その姿をあの子は、真剣に見つめていた。それがとても印象的で、私の心にずっと残っている。

　自然と彼女を目で追っていると、ふいに声をかけられた。

「お姉ちゃんも、なにかの病気なの？」

　気がつくと、あの男の子が私のそばへ来ていた。おかっぱ頭で、目がクリッとした男の子。近くで見ると、その愛らしさがよく分かった。

「ううん、怪我をしているの。ちょっと、車で事故をしちゃって」

　小さな子供と話す機会がほとんどないからか、ちょっと恥ずかしい。なんとか微笑んでみたものの、男の子はきょとんとしている。

　説明が難しかったかな……。

心の中で、対応に困っていると、その子はお母さんのほうへ目を向けた。

「僕のママはね、病気なの。それで、何カ月も入院して、今ね、リハビリをしてるんだって」

しっかりとした説明に驚いたけれど、口調はたどたどしい。小さな子供が一生懸命、今の状況を理解しようとしているみたいだった。

「そうなの……。お母さんも僕も、頑張ってるんだね」

「ううん。頑張ってるのはお母さんと、堂浦先生。先生ってね、すごいんだよ。お母さんの病気をよくしたんだよ」

キラキラと目を輝かせるその子を見て、胸が締めつけられる思いがする。

「すごいね。でも、僕だって頑張ってるじゃない」

こうやって、病院に頻繁に来て、お母さんのそばにいる。それはきっと、この子にとって安心することなんだろうけど、やっぱり不安でいっぱいのはず。

それなのに、自分のことはなにも言わないの……？

「僕は元気だもん。それに、来年小学生だから頑張るの。お姉ちゃんは、すぐに治る？」

「きっとね」

「そっか。僕のママは、簡単には治らないんだって。だから、お姉ちゃんは早くよくなるといいね」

男の子はそう言うと、お母さんに呼ばれて部屋の奥へと向かった。私に気づいたお母さんが、優しく会釈をしてくれる。

私は彼女に会釈を返すと、遠くなっていくその小さな背中に向かって声をかけていた。

「ありがとう！」

すると、その子は振り向いて満面の笑みを浮かべて手を振ってくれる。そして、お母さんとリハビリルームを出ていった。

あの子のお母さんは簡単に治らない病気で、それを小さいながらに理解している。来年小学生になるから、自分も頑張ると……。

会話を思い返せば返すほど、胸が熱くなって涙が込み上げてきた。

私は、どうして甘えたことばかり言っていたんだろう。

私の足はリハビリをすれば元通りになる。でも、あの子のお母さんは、簡単には治らなくて……。それでも、一生懸命頑張っていて……。

私こそ、もっと頑張らなくちゃ。

自暴自棄になっていた自分が情けなくて、涙を拭いて身を翻《ひるがえ》すと、堂浦先生の姿が目に入った。

他の患者さんの様子を見に来ているようだったけれど、私としっかり視線が合う。

少し離れた場所とはいえ、声は充分に届く距離だ。もしかして、あの男の子との会話を聞かれていたかな……。

そうだとしても、もういいや。素直になれず、自分の我儘《わがまま》ばかりを押し付けていた今日までが情けなくて仕方がない。

堂浦先生から黙って目を逸らすと、私は理学療法士さんのもとへと向かった——。


「小松さん、だいぶ歩けるようになったね」

リハビリを開始してから十日ほど経った頃、理学療法士さんに笑顔でそう言われた。

今は車椅子は使わず、松葉杖《まつばづえ》で移動ができるようになっている。

「はい、ありがとうございます」

私も笑みを返しながら、スポーツドリンクを口にした。まだまだ体に負担がかかるから、汗を必要以上にかいてしまう。

「回復も早いし、安心したよ。ただ、あまり無理をしすぎてはいけないからね」

理学療法士さんに言われ、私は照れくさいながらも微笑み返した。

リハビリにやる気を出さなかった私を知られているだけに、少し恥ずかしい。

でも今は、気持ちがぶれることはない。あの男の子との会話が、私をしっかりと後押ししてくれたから。

「それでは、また明日もお願いします」

会釈をして、リハビリルームを出る。すると、すぐに声をかけられた。

「小松さん、リハビリを頑張ってるんだな」

正面からやってきた堂浦先生は、相変わらずクールな表情。だけど、今はもう先生に反発する気持ちはなくなっていた。

「はい。なんとか……」

先生は、あの子との会話について、特になにも触れてこない。気づいていないわけはないだろうけれど、私からも話さないでいた。思わず泣いてしまったし、あの姿を見られていたのは恥ずかしいから。

先生は、今週は急患の手術や当直が重なっていると耳にしていたから、とても多忙だということは分かっている。それなのに、疲れた顔ひとつ見せない先生を、素直にすごいなと思った。

「理学療法士からも聞いてる。小松さんが意欲的に、リハビリをしていると」

堂浦先生は、それを話している間も、ニコリともしない。だけど、以前に男の子と話をしていたときは、優しい笑みを見せていたっけ。

「私……自分の甘さがよく分かりました。先生に言われた言葉を、今なら素直に聞けそうです」

言葉にすると恥ずかしいけれど、先生は黙って聞いてくれたあと、口を開いた。

「小松さんの中で、心境の変化があったんだな」

「はい、やっと気がついたんです。一生懸命頑張っている人がいる中で、私は甘えていたなって」

私はそう話し、先生に笑みを向ける。すると先生は、フッと小さく微笑んだ。口角を上げるだけのささやかな笑みだけれど、初めて自分に向けられてドキッとする。

「そうか。それに気づいてくれたなら、自分の体をもっと大事にしてくれるだろう?」

「え？　あ、はい……」

自分の体を大事にしろって、その言葉に深い意味はあるの？　まさか、まだ悪い箇所があるとか……？

「あの、先生。私って、まだどこか悪いところがあるんですか？　体を大事にしろって……」

恐る恐る尋ねると、先生はクックとさらに笑った。目を細めておかしそうに笑う姿に、私の心はますます乱される。

あんなに冷たそうな印象だったのに、笑顔の先生はとても優しい……。

「違う。小松さんの場合は、回復の見込みがあるのにリハビリをしなかったから言ったんだ。そういう意味で大事にしろってこと」

「あ……そういうことですか……。はい、先生の言う通りだと思います……」

理解力が乏《とぼ》しいとか、呆《あき》れられていないかな……。

気恥ずかしさを感じながら先生を見ると、優しく微笑まれたけれど、微笑み返すことができないほどに、意識してしまっている。

「小松さんが、前向きになってくれてよかった。小さな子供との会話で気づけるほどに、きみは成長したんじゃないか？　小松さんの純粋な一面を垣間見た気がするよ」

堂浦先生はそう言い残すと、その場を立ち去った。

私も病室へ戻りながら、先生のことばかり考えてしまう。

先生はやっぱり、あの男の子とのやりと取りを見ていたんだ……。というより、見守ってくれていたのかもしれない。きっと、私のことを心配しながら……。

冷たくて、愛想もない先生――。最初はそんな印象しかなかったけれど、やっと本当の堂浦先生が見えてきた気がする。

先生は、患者のことを思ってくれていて、気にかけてくれていて……。だから、きつい言葉も出るんだ……。

私のことだって、リハビリさえすれば元通りに歩けるようになるのを分かっていて、あえて厳しいことを言ってくれたんだ。

私よりもっと重症の患者さんを見ている先生には、私が甘く見えて当然……。

「そうだ、本を買いに行こうかな……」

以前は買い損ねたけれど、業界の動向が載っている雑誌があったはず。

会社に戻ったときのことを考えると不安が大きいけれど、前に進まなくちゃいけない。入院中のこの時間を、無駄に過ごさないようにしよう――。

リハビリも順調に進み、退院が来週に決まった。一カ月は長かったけれど、この時間の中で、ほんの少しだけ自分が成長できた気がする。

そんなことを考えていた午後、外の穏やかな青空が窓から見えていた。早く外に出たい――その気持ちを強くしていたところで、病室のドアがノックされた。

「はい」

そろそろ、堂浦先生の回診の時間だったっけ。

読んでいた雑誌をベッドの端に置いて待っていると、ドアを開けて入ってきたのは、隆斗先輩だった。

「久美ちゃん、お見舞いに来たよ」

「隆斗先輩⁉　来てくださったんですか？」

白衣姿の先輩は、笑みを浮かべてベッドの横まで歩いてきた。

「うん。お見舞い、遅くなってごめんな。これ、どうぞ。久美ちゃんは、食事制限はないって聞いたから」

そう言って先輩が差し出した袋の中には、プリンが入っていた。小さな瓶入りの……うちの会社のものだ。

「あ、ありがとうございます」

先輩は白衣姿だから、外で買ってきたとは考えにくい。袋もシンプルな無地のものだし……。ということは、病院内の売店で買ったということよね。ここにも、タチバナ飲料の商品があるんだ……。しかも、これは新商品。

「どうかした？　あっ、もしかしてプリンは苦手だった？」

プリンを凝視していたからか、先輩が心配そうに聞いてくる。

私は慌てて、首を横に振った。

「違うんです。実はこのプリン、私が勤めている会社の新商品で……」

「えっ？　そうなんだ。久美ちゃんの会社って……」

先輩はメーカー名までは知らないようで、どことなく気まずそうに私を見ている。

そんな彼に、私は小さな笑みを向けた。

「タチバナ飲料の営業をやってるんです」

「そうなのか？　久美ちゃん、大手に勤めてるんだな。すごいじゃないか」

隆斗先輩が感心したように言ったとき、ドアがノックされて堂浦先生が入ってきた。

「小松さん、回診……。隆斗？　お前、どうしてここに？」

部屋に隆斗先輩がいたことに驚いた先生は、訝《いぶか》しげな表情をする。すると、隆斗先輩が冷ややかな顔を先生に向けた。

「久美ちゃんは、高校時代の後輩なんだよ。この前、院内で偶然再会したんだ」

「そうか」

先生はぶっきらぼうに言うと、先輩を通り過ぎて私のそばへ来る。

もしかして、ふたりは仲が悪いのかな……。隆斗先輩も先生に対して、どことなく冷たい感じだったし。

なぜだか張り詰めた空気に、私が居心地悪くなる。

すると、隆斗先輩が私に笑みを向けながら声をかけた。

「久美ちゃん、また来るよ。お大事に」

「あ、ありがとうございます。先輩、頑張ってください」

小さく手を挙げた先輩は、部屋を出ていった。

やっぱり、ふたりは仲がいいわけではないみたい。お互い、声をかけ合ってなかったものね……。

「小松さん、それ隆斗からのお見舞い？」

先生がふと、私が持っているプリンに目を落とす。

「はい。これ、うちの商品なんです」

「ということは、小松さんってタチバナ飲料に勤めてるのか。たしか、売店に売ってるはずだ」

当たり前のように言う先生に、私は驚きを隠せなかった。

「先生は、これがタチバナ飲料のものだとご存じだったんですか⁉」

「ああ。俺も食べたことがある。おいしいなと思ってたよ」

「ありがとうございます……。先生も、プリンを召し上がるんですね」

クールな堂浦先生とプリンが意外な組み合わせに思えて、思わずクスッと笑ってしまう。

するとと先生は、少しムッとした顔で私を見た。

「なにが、おかしいんだ？」

「すみません。そういうつもりじゃないんです。ただ、先生がプリンを食べる姿がイメージ湧かなくて」

おかしいんじゃなくて、失礼ながらもかわいいと感じてしまった。どこか近寄りがたく見える先生に、少しだけ親近感が持てる。

「疲れてると、甘いものが食べたくなるんだよ」

先生は無愛想に言うと、足の診察を始めた。

そんな先生の姿を見ながら、彼の言葉に納得してしまう。

堂浦先生に限らず、先生はみんな多忙だものね。甘いものも、食べたくなるか……。

先生は私の足の状態を診たあと、ふとベッドに置いてある雑誌に目を向けた。

「だから、飲料メーカーの雑誌なのか」

「あ、はい。ここの本屋に売っていて……。普段は、経済誌を読まないんですけど、努力しなきゃって思ったんです」

私は雑誌を手に取り、それをパラパラとめくる。

「努力？」

「先生の言う通りってことです。私、会社に必要とされる人間になれるように勉強します」

そう考えたら、入院生活もリハビリも、意味あるものに思えてきて、最初の頃のような自暴自棄な気持ちはない。ただ、不安はたくさんあるから、こうやって先生に話すことで、自分を鼓舞《こぶ》しているのかもしれない。

「小松さんは、思った通り前向きな女性だな」

「え？」

先生に小さく微笑まれ、私の心は高鳴る。どうして彼の笑顔に、気持ちが揺れるのだろう。

「仕事で頑張ってきた人だろうとは思っていた。でなければ、会社からこんな個室は与えられないし、きみもあれほど自暴自棄にはならなかっただろうから」

「先生……。そんなふうに、思われていたんですか？」

「そうだ。だから、小松さんには前を向いてほしかった。あのときのきみには、酷だったかもしれないけど、優しい言葉をかけるのは違うと思った」

先生は、私のことをそこまで考えてくれていたの？　以前男の子と話していたときに見せていた笑みから、だいぶ先生の印象も変わっていたけれど。

まさか、そんなふうに思って言ってくれた言葉だとは思わなかった――。

「先生……。ありがとうございます。退院まで、精一杯努力します」

「ああ。小松さんが退院して、また活躍できるのを俺も祈ってるよ」

「はい！」

先生が満足そうに微笑んでくれる。その姿を見ているだけで、私の心は満たされていった。そして今より、もっと頑張ろうと素直に思えた。


それから十日後。私は無事に退院した。

病院の表玄関まで看護師さんが見送ってくれたけれど、堂浦先生は急患対応で最後にその姿を見ることはできなかった。

隆斗先輩とも、お見舞いに来てもらって以来、会うことがなかった。先輩も多忙だろうし、偶然の再会だけでも充分に嬉しかったから、心残りはない。

いろいろなことがあった一カ月だったけれど、私には必要な時間だったと今なら思える。なぜなら、今まで以上に仕事に意欲的になれたから……。

一カ月ぶりの仕事復帰は、思っていた通り営業担当先がすべてなくなっていて、そこへ戻ることも叶《かな》わなかった。それは予想していたことであり、仕方のないことでもあったから、ショックを感じながらも冷静に受け止められた。

そう思えるのはやっぱり、堂浦先生や病院で過ごした時間のお陰。

だから、私なりに恩返しがしたかった。

「病院の売店へのアプローチ？」

「はい。事故で入院中に気がついたんです。病院の売店へのアプローチはどうかなと」

ソンシリティ病院の売店に、自社の新商品が置かれていること、そしてそこを医師たちも利用することを杉山課長に説明する。

私が話している間、課長はデスクで真剣に耳を傾けてくれて、ひと通り聞き終わると口を開いた。

「分かった。たしかに、小松さんの意見には可能性を感じる。ただ、病院への営業はかなりハードルが高いかもしれないが……」

「覚悟しています。まずは、お世話になったソンシリティ病院から訪問して、その後新規開拓をしたいのですが……」

と言うと、数十秒ほど考えた課長が微笑んでくれた。

「分かった。きみに任せよう。商品の一覧は、共有ファイルに載せているから、あとで確認しておいて」

「はい！　ありがとうございます。それと入院中のお気遣いもありがとうございました」

個室を用意してもらったことにお礼を言うと、課長はゆっくりと首を横に振った。

「会社からは、それくらいのことしかできなかったからね。小松さんには、これからも頑張ってほしい」

「ありがとうございます……」

復帰をして仕事があるのか不安だったけれど、地道な内容ながらも任せてもらえることが心底嬉しい。

堂浦先生が言っていた通り、私が組織に必要な人間になればいいことだったんだ……。お見舞いに来てくれた課長の言動さえも疑ったりして、あのままの自分でなくてよかった。そう考えたら、やっぱり堂浦先生に感謝の気持ちでいっぱいになる。

課長から営業の許可をもらえたあと、私は自席でパソコンの共有ファイルを開く。

入院前とは商品のラインナップが多少異なっていて、新しいものを頭に叩き込んでいった。

しばらくパソコンに目をやっていると、隣の席の同期、楠晴香《くすのきはるか》が声をかけてきた。

「久美、復帰早々やる気満々ね。体はもう大丈夫なの？」

「うん。足はすっかりもとに戻ったし、大丈夫よ。みんなには迷惑かけてごめんね」

晴香は落ち着いた大人の女性で、仕事もよくできる。持ち前の冷静な人柄は企業受けがよく、取引先からの信頼が厚かった。

「謝ることじゃないでしょ？　迷惑より、心配をかけたけどね。でも、復帰してくれて安心した」

笑みを見せる晴香に、私も微笑み返す。そして、病院への営業の話をした。

「なるほどね。先生たちのためにも……って、とてもいい考えじゃない。久美ってば、入院中でも仕事のことを考えていたなんて、感心する」

そう言った晴香に、私は少し苦笑した。

「そんなに立派なものじゃないのよ。お世話になった先生たちに、恩返ししたいだけ」

「久美を担当してくれたのって、有名な堂浦先生でしょ？　名医って噂《うわさ》の。よっぽど、素敵な先生だったのね」

「うん……。とても」

今日も、先生は忙しいんだろうな。体を壊さなければいいけど……。

復帰して一週間、新商品のカタログを準備し、鞄に入れる。

久しぶりの営業が、楽しみなような、不安なような複雑な気持ち。それでも任せてもらえたのが嬉しくて、私は意気込んでオフィスを出た。

周りの先輩や同僚たちが、今までと変わらない態度で接してくれることに感謝している。いつまでも、同情的な目で見られるのは嫌だから……。

ソンシリティ病院までは、営業車に乗っていく。足に問題はないから運転はできるけれど、事故に遭ったときの記憶が蘇《よみがえ》りそうになり、慌てて打ち消した。

車で約三十分。ソンシリティ病院へ着く。

患者としてではなく、仕事でここへ来ることになるなんて思ってもみなくて不思議な気分。

緊張しながら、一階の奥にある売店へ向かう。

事前にアポを取っていて、高野《たかの》さんという女性店長を訪ねることになっていた。

入院中は、この売店へ来ることはなかったから、高野さんの顔は知らない。レジにいた女性店員に名乗ると、奥から高野さんを呼んできてくれた。

「小松さんですよね。お待ちしていました」

にこやかな顔で迎えてくれた高野さんは、五十代くらいの柔和そうな女性だった。

「初めまして、小松と申します。本日は、お忙しい中、お時間を作っていただきありがとうございます」

名刺を差し出し挨拶をすると、高野さんは奥にある休憩室へと案内してくれる。

六畳ほどの部屋に小さなシンクやトイレ、テーブルセットがあり、高野さんは食器棚からカップを取り出すと、インスタントコーヒーを淹れてくれた。

「小松さんは先週までここに入院されてたんですってね。もうお体はいいんですか？」

パイプ椅子に座り、高野さんが淹れてくれたコーヒーを口にする。

「はい。堂浦先生のお陰で、すっかりよくなりました」

そう言うと、高野さんは「ふふ」っと笑った。

「堂浦先生は、本当に患者さん目線でしょ？　腕がいいだけじゃないのよ」

「はい……。本当に、そう思います」

売店で働いている高野さんでさえ、先生の優しさを分かっているのに、私はまるで気づけなかったのだから情けなくなる。

「いつだって、患者さんひとりひとりを、しっかり見てくれているのよ」

「そんな先生方も利用される売店に、弊社の商品を置かせていただきたいんです」

いつも多忙な先生たちだからこそ、しっかり栄養を取ってもらいたい。

ビタミンやカロチンが豊富に含まれる飲料などをタブレットを使って写真で見せたり、試供品を飲んでもらって説明をする。

高野さんは静かに私の話を聞いてくれて、私が話し終えると穏やかに言った。

「私は、特定のメーカーさんの商品を特別に取り扱うことはしないんです。病院の売店ですから、営利は二の次なので」

「はい……」

やっぱり難しいかな……。そんな簡単に話が進むわけないか。地道に努力をしていこう。

そう思ったとき、高野さんが微笑んだ。

「ここは病院の売店ですから、患者さん向けの商品は多いんです。でも、先生たちのことを考えて提案してくださったことに感銘《かんめい》を受けました」

「高野さん……。では、こちらの四種類の商品を、扱っていただけるんですか？」

「ええ。先生方をはじめ、職員の皆さんに喜んでもらえますよ」

嬉しい……。

商品を扱ってもらえることもだけど、私の思いも受け止めてもらえた気がする。

これで間接的にでも、堂浦先生たちの役に立てたらいい……。

「ありがとうございます！　さっそく明日の朝、こちらにお届けに参ります」

思わず立ち上がり頭を下げると、高野さんにクスクス笑われた。

少し照れくさい気持ちで、彼女に微笑む。

「仕事熱心なんですね。明日、楽しみにしていますよ」

「はい、よろしくお願いします」

その後、高野さんにもう一度お礼を言い、売店をあとにした。

会社に戻ったらさっそく、課長に報告しなくちゃ。

軽い足取りで裏玄関へ向かう途中で、背後から声をかけられた。

「小松さん？」

振り向くとそこには、青い手術衣を着た堂浦先生が立っていた。久しぶりに顔を見て、ドキッとしてしまう。

「先生……。お久しぶりです」

ゆっくりと先生のそばへ行くと、怪訝な顔をされてしまった。

「どうした んだ？　検査……とかではないよな？」

「はい。実は……」

まさか先生は、私が営業で来ているとは思っていないはず。事情を説明すると、先生は口角を上げて笑顔を作った。

そんな先生に、私は胸を高鳴らせてしまう。

「嬉しいよ。俺たちスタッフのことを考えて、営業に来てくれたのか」

そんなふうに言われると、気恥ずかしくなってくる。

だけど、こうやって前向きになれたのは、堂浦先生のお陰。その気持ちは伝えなくちゃ……。

「先生に出会えたから、あの事故も前向きに捉えることができたんです。教えてくださって、ありがとうございました」

控えめに笑みを見せると、先生も目を細めて笑顔を浮かべてくれる。

先生の笑顔は、私の心を乱していって、ドキドキと緊張してきた。

「いや。気づいたのは、小松さん自身だよ。俺はただ、自分の思いを伝えただけだ」

「先生……」

今なら先生の優しさがよく分かる。その思いに気づけただけでも、よかったんだ……。

「そういえば、先生にお渡ししたいものが……」

営業鞄から、新製品のパックジュースを二本取り出す。ひとつは野菜ジュースで、もうひとつはフルーツジュースだ。

「それは？　タチバナ飲料さんの新製品とか？」

「さすが、先生は鋭いですね。そうなんです。本来なら、外科病棟の皆様分お渡ししたいところなんですが……」

全員に配るには数が足りないけれど、せっかく堂浦先生とは偶然会えたのだから、渡したくなる。

ジュースを手渡すと、それを大事に受け取ってくれた。

「ありがとう。本当にいいのか？」

「もちろんです。先生、相変わらずお忙しいんですよね？　お体には気をつけてください。それでは、失礼します」

「あ、小松さん。待って」

最後に笑みを見せて、その場を立ち去ろうとしたとき、先生に呼び止められた。

「は、はい……」

なんだろうと不思議に思いつつ、鼓動が速くなる。先生の言葉ひとつに、とても意識してしまっていた。

「小松さんは、隆斗の後輩だったんだよな。あいつとは、特別な関係なのか？」

「いいえ、違います。先輩が高校を卒業してから、連絡を取り合うこともなかったので……」

どうして、そんなことを聞いてくるの？

さらに鼓動が速くなり、顔が熱くなってきた。

「そうか。それなら、これを渡しても大丈夫ということだな」

「え……？」

先生は胸ポケットから小さなメモ帳を取り出し、一枚剥がしてペンでなにかを書いている。そして書き終わると、それを私に手渡してくれた。

「こ、これは……」

「俺の番号とアドレス。小松さんがよければ、いつでも連絡して。必ず返事をするから」

「先生……」

それは、プライベートで連絡をするということ……？

突然渡された先生の連絡先を見つめながら、言葉が続かない。どうして先生がそんなことを言うのか、よく分からなかったから……。

呆然とする私に、先生は真面目な顔つきで言った。

「もし嫌でなければ、きみの連絡先を教えてくれるか？　俺からも連絡したい」

「私の……ですか？」

「ああ。小松さんとは、もう少し話をしてみたいなと思って」

先生の言葉には、それほど深い意味はないんだろう。だけど私は意識してしまい、ドキドキしながらも鞄から手帳を取り出してメモを破った。そしてそれに番号とアドレスを書くと、先生に渡す。

忙しい先生が連絡をしてくるのか、分からないけれど……。

「ありがとう。必ず連絡する。じゃあ、また」

先生は微笑んでそう言うと、足早に病棟へ戻っていった。

先生の笑顔は、やっぱりドキドキする。

私と話をしたいって、先生はどういうつもりで言ったんだろう……。

それが、とても気になる――。

先生は、どういうつもりですか？


「お帰り、小松さん。ソンシリティ病院の受注、うまくいったな。お疲れ、さすがだよ」

帰社すると、杉山課長が笑顔で迎えてくれた。事前に課長には、成果報告の電話をしていたから、さっそく労《ねぎら》いの言葉をかけてもらい、嬉しい気持ちになる。

「いえ。私はお世話になった身なので、交渉がスムーズにいったんです」

入院中は、こんなふうに仕事に繋がるなんて想像もしていなかった。本当に、自分の気持ち次第で状況は変わるんだな……。

「小松さんの熱意が伝わったんだろう。事故では、悔しい思いをしたもんな」

「課長……」

もしかして、課長は私の気持ちを分かってくれていた……？　悔しい思いを周りには隠していたつもりだったのに。

「その調子で、これからも頑張って」

「はい、ありがとうございます……」

課長は優しくそう言って、デスクへと戻った。

まだまだ、完全に仕事復帰とは言えないけれど、受注ができてホッとしたところはある。

こうやって前向きになれたのは、堂浦先生のお陰……。

そうだ、今夜メールを送ってみよう。前向きに仕事ができそうです……と。


明日のソンシリティ病院へ納品する商品の手配を終えたあと、他に営業で回る場所をピックアップし、それを課長に提出してから、オフィスをあとにした。

電車通勤の私は駅に向かい、ホームでスマホを取り出す。

とても緊張するけれど、堂浦先生にメールをしてみよう……。明日の納品の報告と、今日渡した試供品の感想が聞きたいし。

ドキドキしながら操作をすると、メールが一件来ていた。

「あれ……？」

普段、めったに来ない受信ボックスに『1』の数字がついている。誰からだろうと不思議に思いながら確認をすると、堂浦先生からのメールで驚いてしまった。

【ジュース、とてもおいしかった。ありがとう】

飲んでくれたんだ……。しかも、感想までくれるなんて――。

先生が忙しいのはよく分かっているつもりだから、メールをもらえただけで嬉しくなる。

心がほんわか温かくなるのを感じながら、返事を打つ。私もメールを送ろうと思っていたことや試供品の感想のお礼、そして明日の納品を伝えた。

病院の売店には、これからも定期的に出向くけれど、多忙な先生にはなかなか会えないと思う。だから、こうやって自分の仕事や商品のことを伝えられてよかった。

私からのささやかな恩返しを、先生に受け取ってもらいたい――。

翌日、保冷バッグに商品を入れ、社用車で病院へ向かった。それほど大きな売店ではないので、商品は私だけで充分に運べる。

昨日と同じ裏玄関から入ると、まっすぐ売店へ行った。

「おはようございます、高野さん」

九時になり、病院はすでに外来の患者さんで溢れている。

そういえば、内科医の隆斗先輩も、忙しいんだろうな……。

「おはようございます、小松さん。あら？　それなあに？」

にこやかに迎えてくれた高野さんは、私が手にしているものを不思議そうに見た。

「あの、実は……ポップを作ってきたんです。差し障りがあるようでしたら、持って帰りますので」

控えめに高野さんへ差し出すと、彼女は目を丸くしている。

体調管理のためにも甘い物や野菜ジュースを摂取してほしいことを、絵柄付きで書いてきたものだった。

「タチバナのメーカー名は伏せました。病院という場所にはそぐわないでしょうか？　少しでも、先生方の疲労回復に役立てればなと思いまして……」

野菜や果物、ヨーグルトの絵で、子供っぽいと思われるかもしれない。それに、医療関係者の方に健康志向を訴えるのも失礼かも……。

不安が大きくて、高野さんが渋るなら持って帰ろうと思っている。

だけど彼女はクスクスと笑って、レジカウンターの前に貼ってくれた。

「おもしろいと思いますよ。苦情が出るようなら、剥がしますから」

「本当ですか？　ありがとうございます。先生方にも、商品に気づいてほしくて……」

ホッと安心しながら、高野さんに笑みを向けた。

高野さんと商品を冷蔵庫に並べながら、今までとは違う充実感を覚える。誰かの役に立てるかも……そう思ったら、とても嬉しくなっていた。

「それでは高野さん、明日お電話をします」

売り上げ状況や受注確認のため、電話の約束を取り付ける。高野さんは、笑みを浮かべて頷いた。

「ええ。なにかありましたら、こちらからもご連絡しますね」

商品を陳列している間にも、お見舞い客らしき人が、タチバナ飲料の商品を買ってくれていた。

掴《つか》みは上々のようで、明日の売り上げ状況を聞くのが楽しみ。それに、いずれは先生たちにも手に取ってほしい……。

そう願いながら、私は病院をあとにした。


その日は他にも、総合病院や、病院が近くにある小さな商店など、新規営業先を回った。だけど話すら聞いてもらえなくて、まったく成果は上がらなかった。

「課長、すみません。今日は、ソンシリティ病院の納品だけでした……」

会社に戻り、申し訳ない気持ちで報告をする。と同時に、焦りも感じてしまった。

事故前は、既存顧客のフォローも多く、コンスタントに受注の数字を上げていた。

だけど、今は新規で取引先を見つけるしかなく、数字はかなり厳しかった。

「謝ることじゃないよ。小松さんは、復帰して早々に、ソンシリティ病院の注文を受けてくれたじゃないか」

デスクに座っている課長は、小さく微笑んだ。

だけど私は、ますます肩身の狭い思いがする。

「ですが、ソンシリティ病院は、お世話になった場所なので……」

入院患者だったから、高野さんを説得できたのかもしれないし……。そう考えたら、まだ胸を張れるものじゃなかった。

「小松さんは頑張っているよ、大丈夫。自信を持って」

「はい……」

課長に優しくそう言われ、私は笑みを見せた。

自信はないけれど、課長が励ましてくれるのだから、頑張りたい。それが、堂浦先生への恩返しにもなるのだから……。

退社時刻になり、会社のビルを出る。今夜は風が爽《さわ》やかで、気持ちいい。

夜空を見上げても星が見えるはずもなく、代わりにビルのネオンが光っている。

「堂浦先生、どうしてるかな……」

当直や急患対応がなければ、もしかしたらもう帰っているかもしれない。

連絡をしてみようか迷っていたとき、着信音が鳴った。

一瞬びっくりしてディスプレイを確認すると、そこには堂浦先生の名前が出ている。

先生から電話がかかってきた——?

急いで応答すると、先生の穏やかな声が聞こえてきた。

《小松さん、今大丈夫?》

「は、はい。大丈夫です」

駅へ向かう足が止まる。人の邪魔にならないようにと、小さな路地裏に入った。

《突然ごめん。もしかして、どこか外だった? かけ直そうか?》

通りからの車の音が聞こえるのか、先生は少し心配そう。だけど、ここで電話を切ってしまいたくなくて、慌ててフォローした。

「大丈夫です。ちょうど、仕事が終わったばかりだったので……」

《そうだったのか。お疲れ様。実は今日、売店でポップを見かけたんだ。小松さんが作ったものなんだろう?》

「そうなんです。見ていただけたんですか?」

嬉しい……。明日、高野さんに様子を聞いてみようと思っていたから、先生の目に留まってホッと安心する。
《ああ。結構、職員の間でも評判がよかったよ。商品も購入させてもらった》
「ありがとうございます！　とても嬉しいです」
よかった。先生たちに響いてくれたんだ……。嬉しさで顔が緩みそう……。
《小松さん、本当に頑張ってるんだな》
「先生のお陰です。まだ落ち込みそうにはなるんですけど、そのたびに先生のことを思い出しています」
少し熱かったかな……と思っていると、先生のクスッと笑う声がした。
《きみにとって、いい印象で思い出してもらえると嬉しいんだけど。口うるさい医師だったと、そんなふうになってないかな？》
「そんなことないです。最初は……ちょっとだけ思いましたけど」
素直に答えると、先生はさらにクスクス笑った。
《俺も分かってたよ。それより小松さん、今度会えないか？　もちろん、プライベートで》
「え……？　プライベートで……ですか？」

瞬時には意味が飲み込めず、呆然とする。スマホを握る手が、少し震えていた。
《嫌でなければ……と謙虚になれたらいいんだけど。俺はきみに会いたい》
彼のストレートな言葉に、胸がときめいてくる。嬉しいけれど、戸惑いのほうが大きい。
「先生……。嬉しいです。でも、どうして私を誘ってくださるんですか？」
どういうつもりで、先生は言っているの？　それを確かめたくて、静かに聞いた。
鼓動が速くなる胸を押さえて、私は次の言葉を待つ。
《小松さんのことが、どうしても気にかかってしまった。きみが、また頑張れているのだろうかとか……》
「ご心配を、かけてしまってたんですね」
それほど、入院中の私は態度に問題があったのかな……。先生は〝医師〟として、私を気遣ってくれているのに、胸をときめかせてしまい恥ずかしい……。
《勝手に心配していただけだ。会ってもらえないか？》
「はい……。喜んで。先生のご都合に合わせますので」
《ありがとう。嬉しいよ》
先生はそう言うと、今週の土曜日を指定してきた。当直がなく、夕方には勤務が終わるらしい。それでも万一、緊急の手術が入ったりしたら連絡をもらうことになった。

電話を切り、先生との会話の余韻に浸る。特別な意味などないと分かっているのに、誘ってもらえたことを嬉しく思う自分がいる。

そうだ。先生の仕事終わりに会うのだから、なにかお菓子を作っていこうかな。甘いものが好きだと言っていたから、マドレーヌやカップケーキがいいかもしれない。

それを考えたら、なんだか土曜日が楽しみになってくる。

先生とプライベートで会う緊張もあるけれど、せっかく誘ってもらったのだから、楽しめる時間にしたい――。


翌日、午前中に高野さんに電話をすると、商品の売れ行きが好調だと言ってもらえてホッとする。それも、医師の中で最初に買ってくれたのは堂浦先生だと聞いて、さらに嬉しくなってしまった。

どうやら先生は医師仲間にも話してくれたらしく、他の先生や看護師さんも買いに来てくれたとか。

堂浦先生の優しさに、胸が温かさでいっぱいになる。

金曜日には補充が欲しいとのことで、注文も受けることができた。

「復帰したばかりなのに好調だな」

杉山課長にそう言われ、思わず笑みがこぼれる。

あれから、ソンシリティ病院に加え、新規営業先からも受注をし、なんとか仕事が形になり始めていた。

「他の営業さんたちに比べれば、まだまだですが、頑張ります」

照れくさく感じながら答えると、課長は優しくポンと私の肩を叩いた。

「小松さんなら、すぐに肩を並べられる。ソンシリティ病院の納品も無事済んだし、週末はリフレッシュしてきて」

「はい。ありがとうございます」

そう、明日はいよいよ先生との約束の日。今夜はスーパーに寄って、カップケーキの材料を買う予定。

仕事を終え、急いで退社支度をするとオフィスビルを出た。

自宅の近くには小さなスーパーがある。駅前ということもあり、深夜まで営業している店。そこで材料を買い揃《そろ》えると、自宅へ向かった。

普段なら、仕事疲れで足取りはゆっくりなのに、今夜は自然と速くなる。

部屋へ着くと早速、カップケーキ作りに取りかかった。

夕飯を食べることも忘れて作ったケーキ。こんなに楽しいと思えたのは、久しぶりかもしれない……。


土曜日になり、堂浦先生との約束の時間である十九時まで、どこで時間を過ごそうかかなり悩んでしまった。

自宅にいようかとも考えたけれど、どうしても落ち着かなくて、ソンシリティ病院の近くまで出てきた。ここには大きなショッピングモールがあり、受付カウンターの近くで待ち合わせることになっている。

ウィンドーショッピングをしながらぶらぶら歩いていると、ようやく約束の時間の十分前になった。

土曜日ということもあり、人がかなり多い。しかも、カップルの割合が増えている。

受付カウンター前には大きな観葉植物が飾られていて、私と同世代くらいの女性が数人、時間を気にしながら立っていた。

きっと、彼氏を待っているんだよね……？　私と先生も、傍目《はため》には同じように見えるのかな……。

そんなことを考えながら、スマホを確認する。先生からの連絡はないから、約束通り来てくれるはず。

だけど、少し不安も感じながら、カップケーキの入った紙袋をギュッと握った。もし急な手術などが入ったら、仕方がない。先生はみんなに必要とされる人なのだから、がっかりした態度だけは取らないでおこう。

伏し目がちになりながら立っていると、目の前から優しい声がした。

「小松さん、お待たせ」

顔を上げると、堂浦先生が穏やかな笑みを浮かべて私を見ている。私服姿だからか、一瞬見間違ったかと思ってしまった。

白衣を脱いだ先生は、黒いシャツを着ていて、パンツも黒色。病院で見る姿とは真逆だった。でも、どっちの先生もカッコいい……。

「休みの日なのに、出てきてもらってすまないな。ご飯を食べに行こうか？」

「は、はい……」

緊張と動揺で、呆然と先生を見つめるだけだったけど、彼のほうは変わらない様子。歩き始めた先生につられるように、一歩後ろをついていく。すれ違う若い女性がチラチラと、先生を見ていた。

やっぱり、先生って目立つよね……。

改めて見ると、背は高いし、肩幅が広くて体が締まっている。見た目が完璧なうえ、さらに有能な外科医だと分かれば、女性がたくさん寄ってくるだろうな……。

そんなことを考えながら歩いていると、先生がクスッと笑った。

「並んで歩かないか？　話しかけたいのに、きみの姿が見えないんだけど」

「あっ、すみません……。つい、後ろを歩いていました」

だって、隣を歩くのは緊張するから……。

それでも先生に言われた通りに素直に隣に並ぶ。すると先生は、歩調を私に合わせてくれた。さりげない気遣いに、嬉しさが込み上げる。

先生は、本当に相手のことを考えられる人なんだ。その優しさを、気づかないふりだけはしたくなかった。

「先生って、優しいです。今、歩調を合わせてくれましたよね？」

恥ずかしく思いながら言うと、先生は笑みを保ったまま答えてくれた。

「小松さんと、話がしたいからね。きみのペースにいくらでも合わせるよ」

「先生……」

怪我をしていたことも、考えてくれているんだろうな。先生の優しさが私の心に響きすぎて、勘違いしそうになる。

今夜、こうやって誘ってくれたけれど、先生は他の患者さんにも同じようにするのかな……。

聞きたいけど、聞かないでおこう。知りたいような、知りたくないような複雑な気持ち。知らなければ、先生の優しさを特別なものとして感じていられる。

せっかくの先生との時間なのだから、余計なことは考えないでいよう——。

「小松さんの好きな食べ物はなに？」

「えっ？　私ですか⁉」

すっかり上の空になっていたから、話しかけられてビクッとする。

すると先生は、またクスクスと笑った。

「小松さん、俺の存在って薄い？　今、ボーッとしてただろ？」

図星を指され、バツが悪くなって否定する。

「そ、そんなことないです。緊張してしまっていて……」

むしろ、存在が大きすぎてボーッとしていたのだけど……。

小さくなる私に、先生は穏やかに微笑んだ。

「それならいいけど。小松さんの好きなものを食べに行こう。なにが好き？」

「中華が好きです。特に、四川の辛い食べ物が……」

と言いながら、後悔がすぐに湧き上がる。

先生は甘いものが好きだと言っていたから、辛いものは苦手かもしれない。

イタリアンとか、洋食をリクエストすればよかったと、自己嫌悪に陥った。

「じゃあ、中華にしようか」

「あっ、でも先生のお好きなところでいいです」

慌てて言うと、先生は怪訝な顔をした。

「どうして？　中華が好きなんだろう？」

「ですが……。先生は辛いもの大丈夫ですか？　甘いものがお好きなんじゃ……？」

先生の反応を窺《うかが》うと、クックと笑われてしまった。

なにか、おかしいことを言ったかな……。

「すっかり、甘いものが好きってイメージがついたんだな。ありがとう。大丈夫だよ。

辛いものも好きだ」

「ほ、本当ですか？」

よかった。だけど、どうして笑われたんだろう。

「小松さんって、思っていたより天然なんだな。そして、優しい」

「そ、そんな……」

天然という自覚はないけれど、優しいだなんて改めて言われると気恥ずかしい。

「一緒にいると、楽しくなってくるし、穏やかな気持ちになる」

「でも、最初は先生に生意気な態度を取っていました……」

先生にそこまで褒められるのは、かなり照れくさい。入院したばかりの頃を思い出して、余計におこがましい気持ちになってくる。

「仕方ないよ。それだけ、小松さんが頑張ってたってことだ」

先生はそう言いながら、駐車場へ出た。平面駐車場になっていて、たくさんの車が停まっている。

「先生、どこへ行かれるんですか？」

てっきり、モール内で食事をするのだと思っていたのに、どうやら車に向かっているみたい……。

「中華料理の店だよ。おいしいところを知ってるんだ」

「わざわざ、連れていってくださるんですか？」

「わざわざだなんて、俺は思ってない。きみに、おいしい中華をご馳走《ちそう》したいだけだ」

微笑みながら言った先生に、私は嬉しくもあり戸惑いもあった。

「ご馳走になるのは、申し訳ないです。自分の分は払わせてください」

と言うと、先生は小さく首を横に振った。

「俺からの退院祝いだよ」

「でも……」

「いいから。気にするな」

そう言われてしまい、お言葉に甘えることにする。先生の優しさが、心を温かくしてくれていた。

先生の車は、駐車場の一角に停めてあった。その車を見て、思わず息を呑《の》む。

セダン型のシルバーのボディ。それも、海外の高級車だった。

「さあ、乗って」

先生は助手席のドアを開けて、私を促してくれる。

「ありがとうございます……」

ゆっくりと乗り込むと、車内は品のある甘い香りがした。黒のレザーシートは、柔らかくて包み込まれるよう……。

運転席に乗った先生は、シートベルトを締めながら私に視線を向けた。

「そういえば、なにか買い物でもしてたのか？」

「えっ?」

先生の目線が、私が持っている紙袋に向けられ、ハッと思い出す。

「すみません、すっかり頭から抜けていました。これ……先生へのお土産です」

「俺に？　ありがとう。開けていい?」

「はい」

喜んでもらえるといいけど……。

手作りお菓子なんて重かったかもしれないと、今さらになって後悔した。

先生は少し緊張している様子で、丁寧にテープを剥がして袋を開く。そして中身を見て、控えめに微笑んだ。

「ありがとう……。カップケーキかな?」

小さいサイズを複数個にするか、大きめをひとつにするかで悩んで、大きいものをひとつにした。ドライフルーツを飾って、甘酸っぱい味に仕上げてある。

「そうなんです。仕事でお疲れだと思って、甘いものを作ってきました……」

ドン引きされたらどうしよう……。

先生の反応が怖くて、直視できない。

それでも気になりチラリと窺うと、先生はケーキを見たまま黙っている。

やっぱり、引かれた……？

不安な気持ちが湧いてきて、鼓動が速くなってきた。

すると、先生は真面目な顔で静かに言った。

「本当に、ありがとう。大切にいただくよ」

「いえ……。お口に合えばいいんですが……」

紙袋を優しく後部座席に置いた先生は、エンジンをかけて車を走らせた。

やっぱり迷惑だったかな。あまり嬉しくなさそうだったし……。

先生は今夜、どういうつもりで誘ってくれたんだろう。どういうつもりで、優しい言葉をかけてくれていたんだろう。

それが私には、全然分からない……。

もっと会いたいです

先生が連れていってくれたお店は、モールから車で約二十分の場所にあった。

国道に面した二階建ての建物で、一階が駐車場になっている。カジュアルな雰囲気を想像していたけれど、高級感に溢れ落ち着いた佇《たたず》まいをしていた。

「行こうか。小松さんに気に入ってもらえたらいいんだけど」

「はい。とても、楽しみです」

車を降りて階段を上がる。先生とふたりきりで食事をすると思うと、途端に緊張が増してくる。

店内に入ると、赤が基調の品のあるインテリアと、オレンジ色の光を放つシャンデリアが目に飛び込んできた。

見る限り、満席だ。やっぱり、土曜日の夜は人が多いみたい。

待つことを覚悟したとき、三十代前半くらいの女性店員がにこやかに声をかけてきた。中国風の赤いシャツとパンツを穿《は》いていて、上品な感じの人だ。

「堂浦先生、いらっしゃいませ。いつものお部屋へご案内いたします」

「よろしく頼むよ」

先生も、慣れた感じで返事をしていて、私は心の中で驚いていた。

常連なんだ……。すごいな。こんな高級なお店、私は利用したことがないのに。

息を呑みながら先生について歩いていくと、奥の個室へ通された。

丸テーブルが中央に置かれ、壁際にはソファとローテーブルがある。食事後も、ゆっくりとくつろげるようになっていた。

いつもの部屋と言っていたくらいだから、ここは特別に空けられている部屋……なんだろうな。

私にとっては珍しくて、辺りを見回してしまう。

花瓶に生けられた花の他に、手のひらサイズほどのプリザーブドフラワーの小箱が四つ、テーブルの上に置かれていた。

「綺麗《きれい》ですね……」

思わずテーブルに歩み寄ると、先生がひとつ手に取り、それを渡してくれた。

「これは、サービスだから、もらって帰って大丈夫」

「そうなんですか？　素敵……。あの、ここはＶＩＰルームなんでしょうか？」

プリザーブドフラワーの小箱を持ち、先生に確認するように聞いた。

こんなプレゼントまであって、驚いてしまったのだけど……。

「そうだな。ＶＩＰルームというんだろうな。この店では、そういう呼び方はしていないみたいだけど」

先生は穏やかに言うと、「座ろうか」と言って席に着いた。きっと先生にとっては、こういう部屋は普通なのかもしれない。

もらった小箱をバッグにしまい、彼の向かいの席へ座ろうとすると声をかけられた。

「こっちに座らないか？」

先生が椅子を引く。そこは彼の隣で、私は一瞬戸惑ってしまった。

さすがに、近すぎる気がする……。

緊張しながら迷っていると、先生に優しく聞かれた。

「それとも、そっちがいい？」

「……いえ。お隣にお邪魔します」

かなり緊張するけど、距離が近いほうが話しやすいし……。なんて、心の中で言い訳じみたことを呟《つぶや》いてみる。

本当は、先生の隣に座ってみたかったから。

隣から見る先生は、本当に整った顔立ちをしていて、思わず視線を逸らしてしまう。

やっぱり近い……。ドキドキして、緊張ばかりしている。

「注文しようか。なにが食べたい？」

先生にメニューを見せてもらったけれど、ご馳走してもらうのだから、高いものは頼めないし……。

いろいろ迷っていると、先生がフッと微笑んだ。

「遠慮しなくていい。好きなものを頼んで」

「はい。ありがとうございます」

先生って、本当よく見ているな……。毎日、多忙で疲れているはずなのに。

厚意を素直に受け取り、好きな料理をリクエストする。しばらくしてエビチリや麻《マー》婆《ボー》豆腐、フカヒレスープが出てきた。どれも品のある味でおいしい。

「小松さんの会社の商品、医師の間で評判がいいよ」

ふと先生がそう言ってくれて、私は嬉しくなった。

「本当ですか？　よかった……。高野さんから伺ったんですが、先生からも紹介してくださったんですよね」

先生に目を向けると、小さく微笑まれた。

「俺たちのことを、考えてくれてるんだなって分かったからね。本当に、疲れが取れる気分になる」

そう言ってもらえて、本当に嬉しくなる。だけど、少し照れくさくもあった。

「先生のほうこそ、たくさん考えてくださってます。私のことも、いろいろな患者さんのことも……」

「医者だからね。もっと、患者さんのトータルケアをやりたいと思っているんだ。部位を治療すれば終わり……じゃなくてね」

「そうなんですね……」

さすが、ソンシリティ病院の未来の院長候補。先生は、ただ腕がいいだけでなく、患者さんの気持ちにも寄り添ってくれるんだ……。

「小松さんの頑張っている姿を見られて、俺も安心した」

「私も、先生を陰ながら応援しています。お体には気をつけて、頑張ってください」

その後、ジャスミン茶を飲み、先生とお店を出る。

おいしい料理と、ゆっくりとした時間を過ごさせてもらい、心が癒された気がする。

「先生、今夜はご馳走様でした。本当にありがとうございました」

駐車場まで向かい、先生にお礼を言う。すると彼は、小さく首を振った。

「いいや。俺のほうこそ、会ってくれてありがとう。送っていくから、乗って」

「えっ⁉　で、でも……」

さすがに、ご馳走までしてもらったうえ、送ってもらうのは気が引ける。

ためらっていると、先生は助手席のドアを開けた。

「遠慮しなくていいから。さあ、乗って」

「は、はい……。すみません」

ゆっくりと乗り込み、シートベルトを締める。

先生は私が住んでいる場所を聞くと、車を走らせた。

「勤務後なのに、お疲れじゃないですか？」

ソンシリティ病院は、午後からの外来は完全予約制で、外科は手術が入る。堂浦先生は、ほぼ毎日手術を担当しているはずだから、疲労が溜《た》まっていそうだけど……。

「気遣ってくれてありがとう。でも、大丈夫だよ。小松さんのお陰で、だいぶ疲れが取れる」

「え？」

「タチバナ飲料の商品を目にすると、小松さんが思い浮かぶ」

先生の言葉に、私の心は揺れてしまった。というより、乱されたといったほうがいいかも……。

医師として活躍する先生は、仕事を頑張る私を純粋に応援してくれているだけなのに。

彼の言葉に、特別な意味を見出そうとしてしまい、そんな自分の気持ちを慌てて打ち消した。


約五十分後、車は私が住むマンション前へ着いた。

五階建てのクリーム色の外壁をしている１ＤＫの単身者用マンション。ここに五年近く住んでいる。駅から徒歩五分の場所で、近くには小さなスーパーやコンビニがある。雑多な雰囲気だけれど、生活には便利だった。

「先生、今夜はありがとうございました。とても楽しかったです」

車から降りて、運転席の先生に挨拶をする。ここには似つかわしくない高級車が目立つのか、歩いている人たちがチラチラと先生の車を見ていた。

「俺も楽しかったよ。小松さんとは、また病院で顔を合わせることがあるだろうから」

「そうですよね……。そのときは、よろしくお願いします」

病院で……ということは、プライベートではもう会うことはない、ということなのかな。

それは当たり前のはずなのに、寂しく感じてしまった。

「こちらこそ。それじゃあ、おやすみ」

「はい。おやすみなさい」

車が見えなくなるまで見送ると、部屋へ帰った。

先生と過ごした時間は、思いのほか癒されて楽しかったからか、まだ少し夢心地……。

また、会えたら嬉しいな。でも、別れ際の言葉からだと、望みは薄そう……。

それもそうで、先生は大病院の御曹司で、未来の院長候補。見た目も中身も完璧で、エリート外科医なのだから、私を特別な感情で見てくれるわけがない。

そう自分に言い聞かせて、もう一度会いたいと思う気持ちを抑えたのだけど……。

その夜、先生からメールがきて、私の心は揺れてしまう。

手作りのカップケーキが好みの甘さでおいしかったこと、そしてお礼が書かれていた。

でもそれも、先生の優しさ……。そこを、勘違いしないでいよう。

【お体には気をつけて、ご活躍ください】

そう返事をして、その夜は眠りについた。


「小松さん、おはよう。今日はソンシリティ病院へ行く日だっけ？」

出勤すると、杉山課長に呼ばれて一日のスケジュールを確認された。

復帰してもうすぐ一カ月。時間が過ぎるのはあっという間で、なんとか仕事は軌道に乗り始めている。

復帰前に比べればまだ足りないけれど、だいぶ受注の数字が上がってきた。

「はい。今日は、納品に行きます」

「よろしく頼むよ。ソンシリティ病院の受注数は、わずかながらも増えてるからね。期待してる」

「ありがとうございます」

課長にそう言われたら、やる気もますます出てくる。それに……もしかしたら堂浦先生に会えるかもしれない。

中華のお店に行ってから二週間、プライベートで会うことは、もちろんない。それに、連絡も……。

当直や急患など、先生は多忙なのだから、たとえメールであっても、送ることに気が引ける。疲れているときに、他愛《たあい》もないメールをもらったら迷惑なのでは……と、想像するだけで勇気が持てなかった。

病院へ行くのもあれから初めてで、もしかして先生を見かけることができるかもしれないと、少し期待してしまっている。

先生の笑顔を、もう一度見たい……。

ほんのわずかな希望を持って、ソンシリティ病院へ向かった。


「高野さん、お久しぶりです」

「小松さん、こんにちは。どうぞ、入って」

売店に顔を出すと、高野さんは笑顔で出迎え、私を奥の部屋へ招き入れてくれる。

納品する商品を確認してもらい、冷蔵庫へ入れる手伝いを始めた。

「商品の売れ行きが好調みたいで、安心しました。ポップ、そろそろ外しましょうか？」

以前手作りをしたポップを、高野さんはまだ貼ってくれている。

すると彼女は、穏やかに首を振った。

「いいえ、大丈夫ですよ。先生方からの評判もよくて、あのまま貼っておこうかなと思っています」

「本当ですか⁉」

評判がいいと聞いて安心する。

思わず顔が綻《ほころ》ぶと、高野さんはクスクスと笑った。

「こういう楽しい雰囲気のポップって、院内にはないし、毎日気を張り詰めている先生たちには、癒し効果があるみたいですよ」

「そうですか……」

そういえば堂浦先生は、私と話していて癒されると言ってくれていたっけ。

毎日、気を張り詰めている……か。先生の邪魔にならないように、会えたらいいな。

甘いものを、また作って渡せたらいいのだけど。

そんなことを考えていたとき、救急車の音が聞こえてきた。

思わず音のするほうへ目を向けると、高野さんが真剣な口調で言った。

「ここ数日、急患が多いんですよ。特に外科が。堂浦先生、このところ多忙続きで。売店にも来られないいんです」

「そうなんですか？」

やっぱり、忙しかったんだ……。それも急患が多いのでは、休む暇もないはず。

トータルケアもやりたいと言っていた先生は、毎日患者さんのことで頭がいっぱいなんだろうし……。

どうすれば先生に会えるんだろう。連絡をしたら、仕事の邪魔になりそうでできないな……。

「小松さん、納品ありがとうございます。また連絡くださいね」

商品の陳列が終わると、高野さんがそう声をかけてくれた。私は笑みを返し、小さく頷く。

「はい、必ずご連絡します」

高野さんへ挨拶をし、売店をあとにした。

こんなに近くに来ていても、先生と顔を合わせることもできないなんて切ない。せめて、試供品のジュースだけでも渡せたらいいのに……。

営業用に持ち歩いている試供品を見つめながら、ため息が出てくる。

すると、背後から呼びかけられた。

「久美ちゃん、久しぶり」

振り向くと、隆斗先輩が立っていた。

「先輩！　本当にお久しぶりです」

入院中にお見舞いに来てくれて以来、先輩とは会っていない。もう一度、お礼を伝えたいと思っていたから、再会できてよかった。

「久美ちゃん、怪我はすっかりよくなったみたいだね」

白衣姿の先輩は、ポケットに手を入れて笑顔で私を見ている。

「はい。仕事も無事に復帰できました。入院中は、お見舞いに来てくださって、ありがとうございました」

そうお礼を言うと、先輩は困ったように微笑んだ。

「いや、元気になってよかった。仕事、順調そうだね。売店のことが、医師たちの間でも話題だよ」

「いい意味で……ですよね？」

恐る恐る聞いてみると、先輩はアハハと笑った。

「そうだよ。ポップが目を引くし、みんな興味津々だったな」

「それなら、ホッとしました」

これからも、順調にこの病院で商品提供ができたらいいな。

そう思いながら、鞄から試供品のジュースをひとつ取り出した。ビタミンたっぷりのフルーツジュースだ。

「先輩、これを差し上げます。あまり持ち歩いていないもので……。他の先生には内緒に……」

そっと手渡すと、先輩は笑顔を浮かべ受け取ってくれた。

「ありがとう。大事に飲ませてもらうよ」

「はい、ぜひ飲んでください。それから、これを堂浦先生に……」

やっぱり、先生にも渡したい。だけど外科病棟まで行くのは迷惑だろうから、先輩に頼んでみよう。ふたりは兄弟だし、会うことも多いはず……。

もうひとつ同じものを取り出すと、持っていた小さな付箋《ふせん》にメッセージを書く。

といっても、【無理をなさらないでください】とひと言だけ。

スケジュール帳に使っているもので、ウサギの絵がついていて少し恥ずかしいけれど、先生には感謝でいっぱいだからなにかを残したかった。

「兄貴に？　分かった……。必ず渡しておくよ」

さっきまで、先輩は笑顔だったのに、途端に真顔になっている。

もしかして、頼んだことが迷惑だったとか……？

でも先輩は、学生の頃から後輩の面倒見がよくて、頼みごとを嫌がる人ではない。

腑《ふ》に落ちないながらも、入院中の出来事を思い出してハッとした。

そういえば、先輩がお見舞いに来てくれたとき、堂浦先生の回診と重なり、ふたりとも距離があったっけ……。あのときは、それほど気に留めていなかったけれど。

もしかして、ふたりは本当に仲が悪い——？

急に気になったけれど、私も先輩も勤務中でゆっくり話している時間はない。先輩とはそこで別れ、私は病院をあとにした。

一目でもいいから先生を見たかったな……と思う自分に、かなり戸惑う。

どうしてこんなにも、先生のことを考えてしまうんだろう。

会いたいと願う自分に困惑していた。

その日の夜、自宅に帰り寝支度を整え、テレビを見ながらくつろいでいた。

バラエティー番組にチャンネルを合わせているけれど、いまいち集中できていない。

テレビ画面に目を向けているだけで、ボーッとしていた。

どうしても、堂浦先生のことを考えてしまう。もう勤務は終わったのかなとか、毎日手術をしているのかなとか、そんな思いを巡らせていた。

先輩に預かってもらったジュースは、先生のもとへいったかな……。

なんだか落ち着かない。テレビを消して、今夜はもう寝よう。そう思い、ベッドへ上がったとき、スマホが鳴った。

思いがけない着信に驚きつつ確認をすると、それは堂浦先生からで急いで出る。

「も、もしもし小松です。堂浦先生ですか？」

緊張で声が震えて、恥ずかしい……。

《ああ、そうだよ。ごめん、夜遅くに電話をして》

先生の声は明るいけれど、どこか疲れているみたい……。

心配になり、それまでの高ぶった気持ちが落ち着いてきた。

「先生……。もうお仕事は、終わられたんですか？」

《いや、今夜は当直だ。だから、呼ばれたらすぐに行かないといけない》

「そうなんですね……。昼間も急患があったみたいで、大変だったんじゃないですか？」

《大変なのは毎日だからな。それより、ジュースをありがとう。隆斗から受け取った》

「いえ、お時間があるときに、召し上がってください」

隆斗先輩も忙しいのに、すぐに渡してくれたんだ……。優しいな。

兄弟仲が悪いかもなんて、私の思い込みだったのかもしれない。

《疲れているのに？　疲れて電話なんてできない》
「先生……」
まさか、わざわざお礼を言うために電話をしてくれたの？　疲れているのに？
胸に熱いものが込み上げ、スマホを強く握った。
《メッセージに書いてくれたろ？　無理しないでと。だから、こうやって少し休憩している》
電話の向こうで、先生がフッと笑ったのが分かり、私は胸が高鳴ってくる。
先生に、少しは気持ちが伝わったなら嬉しいな……。
また会えたらいいなと思うけれど、勤務中の先生に言うのは違うよね。
「頑張ってください」
その言葉を残して電話を切ろうかと考えたとき、先生が言った。
《小松さん、今度の日曜日に会えないか？》

まるで夢のようです

「え……？」

日曜日に……？

思いがけないお誘いに、返事より先に呆然とした。

《きみに、会いたいんだ。話したいことがある》

「話したいことですか？　どういったことでしょう……？」

ドキドキすると同時に、ちょっと不安も込み上げる。

なんだろう、私に話って……。

《直接会って話したいんだ。小松さんの予定はどうかな？》

「私は大丈夫です。一日、時間はありますから」

《それなら、よかった。日曜日のお昼前、そうだな十一時頃に迎えに行く》

「迎えに来てくださるんですか？」

先生が、そこまでして会おうとしてくれることが嬉しい。高鳴る気持ちを落ち着かせるだけで精一杯だった。

《ああ。日曜日は天気がいいみたいだから、ドライブへ行こう》
「は、はい！」
夢みたい……。先生にまた会える。それも、ドライブができるなんて。
仕事の疲れも吹き飛ぶ気がして、日曜日が待ち遠しくなった——。

堂浦先生との約束の日曜日までの間、いつも以上に仕事に打ち込めた。
待ち遠しい時間があるから……かもしれない。
そして、土曜日の夜はお菓子作り。今度はマドレーヌを作り、ラッピングをする。
先生に、喜んでもらえたらいいな。
はやる気持ちを抑え、その夜は眠りについた。

日曜日の朝。
澄み渡る青空が広がり、心地いい風が吹く。
今日は、本当にデート日和……と思って我に返った。
そういえば、今日はデートなのかな。それとも、ただ会うだけ？
先生は話したいことがあると言っていたし、デートとは言えないかもしれない。私が意識しすぎなのかも。

浮かれる気持ちを消し去って、マンションの外で先生の車を待つ。

デートじゃない、そう言い聞かせても、やっぱりドキドキしてしまった。

そして約束の十一時に、堂浦先生の車がやってきた。

「小松さん、お待たせ。部屋で待っててよかったのに」

先生は穏やかな笑みを浮かべて車を降りると、助手席のドアを開けてくれる。

スマートな彼の仕草にときめかずにはいられなかった。

「なんだか、待ち遠しくて……。先生、今日はマドレーヌを持ってきたんです。あとで、一緒に食べませんか？」

小さな茶色の紙袋を先生に見せると、彼はさらに微笑んでくれた。

「ありがとう。楽しみだよ。小松さんは、お菓子作りが得意なんだな」

車に乗り込み、シートベルトを締める。

相変わらず、品のある香りがする……。

「好きなんです。食べすぎちゃうので、最近は作ってなかったんですけどね」

褒められたのが照れくさくて、はにかみながら答えると、先生は笑みを向けてくれた。

先生って、本当に穏やかな笑みを見せてくれる人。それだけで、心が温かくなるな……。

「小松さんって、海は好き?」

車を走らせ始めた先生が、ふとそう聞いてきた。

私は、その質問の意図が分からないまま素直に答える。

「はい。好きです。キラキラした水面を見るのは特に……」

「じゃあ、行こう」

先生は静かに言って、海岸沿いの道に向かって走り始めた。

しばらくすると右側に海が見えてくる。水面が太陽の光に反射して、眩《まぶ》しいほどに輝いている。海水浴の季節ではないけれど、砂浜を歩く人の姿がちらほら見えた。

「この先で停まろうか。カフェがあるんだ」

「そうなんですね……。先生って、お店をよくご存じなんですね」

海岸沿いのカフェだなんて、お洒落《しゃれ》でデートスポットという印象がある。

まさか、ひとりで行くわけじゃないだろうし、恋人と来たことがあるのかな……。

そう思うと、急に胸が締めつけられる思いがする。

先生くらい素敵な人なら、恋人がいたって不思議じゃない。それを分かっているのに……。

「今から行くカフェは、実は研修医のときにお世話になったところでね。ときどき、オーナーさんとは連絡を取り合ってるんだ」

「研修医のときに……ですか？」

「ああ。近くに市民会館のような施設があって、そこで救命処置の研修があったんだ」

先生が言うには、その会館に来ていた人が急病になり、一時騒然となったらしい。そのとき、騒ぎを聞きつけてやってきたカフェのオーナーさんが応急処置の手伝いをしてくれたとか。それを機に、先生はオーナーさんと親しくなったらしい。

「そんなことがあったんですか……。先生、本当に大変ですね」

楽しい思い出なのかと思ったら、そうじゃないところが、先生らしくもあるのかな。

「いや。貴重な経験になったし、患者さんも大事には至らなかったしな。今となれば、いい思い出だ」

小さく微笑んだ先生に、私も自然と笑みが浮かんだ。

きっと、私が想像する以上に、先生は多くの経験をしてきたんだろうな。だから、前向きで意欲的なのかもしれない。

先生と話をしていると、私も頑張りたいなって思える——。

「小松さん、着いたよ」

車は砂利道の駐車場へ入り、停まった。

隣接するログハウス風の建物が、先生の言うカフェらしい。

「海にぴったりな建物ですね。素敵……」

車を降りた私たちは、お店に向かう。

そのとき、先生が紙袋を持っていることに気がついた。私が作ってきたマドレーヌが入っている袋だけど……。

「先生、店内に持って入って大丈夫なんですか？」

「店内には入らないよ。飲み物をテイクアウトして、外で一緒に食べないか？」

「はい……」

もしかして、マドレーヌを食べるために、ここまで連れてきてくれたのかな……。

そう考えたら、途端に胸がときめいてくる。

先生に連れられ、入り口の横にあるテイクアウト用の小さな窓まで行った。私たちの姿を見つけた店員さんが、にこやかに窓を開ける。

「まあ、堂浦先生。お久しぶりです」

五十代くらいの感じのよい女性で、先生は穏やかな表情を向けた。

「お久しぶりです。テイクアウトを、お願いできますか？」

「もちろんです。なにになさいますか？」

女性はＡ４サイズのメニューを差し出す。そこには、ソフトドリンクに加え、軽食もあった。

「小松さん、なにがいい？」

「えっと……」

先生のやり取りに、目を奪われちゃった……。プライベートの先生は、誰に対しても、優しくて穏やかで、包み込むような感じなんだな。

「私は……このスカイブルージュースを」

名前からして、海に合いそう。

今日は本当に天気がよくて爽やかだから、この名前に目を引かれた。

「小松さんらしいな」

そう言った先生は、私のジュースと自分のアイスコーヒーを頼んだ。

手際よく用意をしてくれた店員さんがカップを差し出し、それを私が手に取るより早く、先生が受け取る。

「ありがとうございました。それにしても、先生が女性連れなんて、初めてですね」

茶目っ気ある店員さんの話し方に、先生は笑みだけ見せると、会釈をして私を促した。

女性連れが初めて……。それはたまたまこのお店がそうだっただけ、なんだろうけれど、私にはとても嬉しかった。

「海の近くまで行こうか。車は、あそこに停めていて大丈夫だから」

「そうなんですね。あの、ジュース持ちます……」

手を差し伸べると、先生は自分の手を少し高く上げた。

「これくらい、いいよ」

「すみません。ありがとうございます……」

先生に気を使われて、申し訳ない気持ちになる。だけど、同じくらい優しさにドキドキしていた。

カフェから歩いて一分ほどで、小さな広場へ着いた。

ベンチがいくつかあるだけの広場で、すぐ目の前には砂浜が広がっている。海水浴シーズンには、きっと賑《にぎ》やかなんだろう。今は、私たち以外、誰もいなかった。

ベンチに座ると、先生がジュースのカップを渡してくれた。海や空と同じくらいに、澄んだ青色をしている。

「先生って、本当に優しいんですね」

海に視線を向けながらそう言うと、先生は「え？」と怪訝そうに答えた。

「だって、さっきの店員さんにも穏やかな表情を向けているし、話し方も優しいですから……」

すると、クックと先生に笑われ、私は思わず彼を見た。

なにか、おかしいことを言ったかな……？

「入院したばかりのきみが聞いたら、きっと信じてくれないだろうな」

と言われ、なんだか気まずくも恥ずかしくなる。

やっぱり先生は、自暴自棄気味の私を覚えているよね……。

「あのときは、私が本質を見抜けなかったので……」

おずおずと言うと、先生は真面目な顔つきに変わった。

「それは、小松さんが傷ついていたから……だろう？　きみの頑張る姿は、本当に刺激になるし癒されるよ」

「そんな……。私の甘さを教えてくれたのは先生です。先生に刺激を受けたのは、私のほうですから」

そう言うと、先生は小さく微笑んだ。その笑顔は、何度見てもドキドキしてしまう。

「それは、お互いが刺激し合ってるって思っていい？」

先生の優しい言葉に、私はどんどん胸が高鳴ってきた。

お互いが刺激し合っている……？　そういうことになるんだ……。

「そう……ですよね。私が先生の刺激になるなんて、おこがましいですけど……」

恥ずかしくて、視線を逸らしてしまいそうになる。でも、先生が私をまっすぐ見つめるから、それはできなかった。

「そんなことはない。小松さんの気遣いは、俺たち医師の間では、もう当たり前に認識されてる」

「だけど、先生。私にとっては営業の一環でもあるのに……。褒められるのは、かえって申し訳ないです」

「高野さんは、そう言ってなかったよ。小松さんから、無理な営業をかけられたこともないし、フォローや気遣いも満足だと」

高野さんが、そんなふうに言ってくれていたの……？　それに、先生も様子を聞いてくれていたってことよね。ほんわかと、心が温かくなっていくよう……。

「嬉しいです。高野さんのお言葉も、ずっと私を気にかけてくださる先生も……」

恥ずかしく思いながらも微笑むと、先生が一呼吸置いて言った。

「小松さん。きみの優しさを、俺が独り占めしていいかな？」

「えっ……？　あ、あの。それは、どういう意味ですか……？」

鼓動が痛いくらいに速くなっていく。先生からの突然の言葉に、頭が混乱していた。

だけど先生は、変わらず冷静だった。

「小松さんが、好きだ。付き合ってほしい」

「先生……」

これは、夢……？

先生が私を好きだなんて、まるで考えてもいなくて不思議な感覚になる。

先生から、告白されちゃった……。信じられない。

「驚かせたとは思う。だけど、きみを好きな気持ちを、伝えたかった。付き合ってくれないか？」

私でいいの……？　その思いだけが、頭の中をぐるぐる回る。

だって先生は、私にとっては雲の上の人。それなのに……。

「先生は、患者さんたちが必要とする有能なお医者さんです。私は、そんな先生を支えられるのか、自信はないです……」

先生の告白はとても嬉しくて、本音ではすぐに受けたいほど。だけど、自分に自信が持てず、不安な気持ちが先にきた。

「俺には、きみが必要なんだ。今だって、充分支えてくれている……」

「先生……」

本当にいいの？　私が先生の恋人で、本当に……？

踏み出す勇気が持てない私に、先生は静かに言った。

「きみの優しさを、もっと近くで感じさせてくれないか？」

私が、先生に優しさをあげることができるの？　そして、支えることができる？

ときめく気持ちに素直になれば、答えは自然と出てくるはず。小さく深呼吸をした私は、恥ずかしさを感じながら返事をした。

「私が先生の支えになれるなら、そばにいさせてください」

そう言った瞬間、先生に抱きしめられた。

「せ、先生⁉」

ベンチの上に置いてあるジュースが倒れそうになるくらい、先生の腕の力は強い。

鼓動は今までになく速く、顔が熱くなる。

「こうやって、きみを抱きしめたかった……。甘い香りがするんだな」

先生が、顔を私の髪に埋めるようにして言う。甘い香りというのは、シャンプーのことだろう。先生の言葉すべてに、私は胸を高鳴らせていた。

「人に、見られちゃいます……」

「大丈夫。シーズンオフだから、誰も来ない。だから、もう少しこのままで……」

「先生……」

先生の胸は、とても温かくて、自然と私も彼の背中に手を回して抱きしめる。締まった体つきなのが、服の上からでも分かった。

恥ずかしいし、緊張でいっぱい。

私も、先生に恋する気持ちを持っているんだ……。

だって、時が止まってしまえばいいのにって、そう思ってしまったから――。

「久美……」

先生が私の名前をふと呼んで、夢心地から我に返る。名前で呼ばれただけなのに、かなり意識してしまった。

「は、はい……」

ゆっくりと彼から離れて顔を見ると、優しい笑みで見つめられた。

「マドレーヌ、食べようか。せっかく作ってくれたんだから、早く食べたい」

「ふふ、ありがとうございます。じゃあ、ふたりで食べましょう」

その気遣いが嬉しくて、私も彼のようにもっと優しい人になりたいと思う。

先生は紙袋から丁寧にマドレーヌを取り出すと、そっとラッピングを外した。

「はい」

そう言って先生は、私に差し出した。

「先生が、先に召し上がってください」

そこまで、気を使わなくていいのに……。仕事柄、いつも気を張り詰めているのだから、私といるときくらいはゆったりとした気持ちでいてほしい――。

だけど、先生は優しい笑みを浮かべたまま、マドレーヌを私の手に置いた。

「久美と一緒に食べたいから。ほら、持って」

「は、はい……」

本当にドキドキする……。

マドレーヌを取るだけなのに、先生の姿がスマートだからか、目を離せなかった。

先生はもうひとつのマドレーヌを取り出し、ラッピングを外す。

「どうかした？　ずっと見てるけど」

私の視線に気づいた先生が、クスッと笑いながらこちらを見た。

「す、すみません。つい……。マドレーヌ、食べましょうか?」

照れ隠しに、私はマドレーヌをひと口かじる。すると、先生はもう一度クスクスと笑い、マドレーヌを口にした。

「おいしいな。きみのマドレーヌを食べたら、店のものは食べられない」

真剣にそう言われ、さらに気恥ずかしくなる。

「先生は、褒め上手ですね……」

思わずそう言うと、先生は不本意だとでも言いたそうな顔で私を見た。

「俺は、思ったことを言っただけだ。お世辞なんて言わない」

「すみません……」

私だって、そういう人だと思っている。だけど、先生があまりに恥ずかしいことを言うから、素直に受け止められなかった。

もう少し、私が恋愛上手だったら、うまく返せたのかもしれないけど……。

先生は、私と付き合って後悔しないかな。それとも、いつかは振られちゃう?

……なんて、始まったばかりの先生との関係を、後ろ向きに考える自分が嫌になる。

少し落ち込み気味になると、先生に優しく頭を叩かれた。

「きみは、もう少し自信を持つべきだ。それは、最初の頃から思っていたけど」

「はい。でも、先生のことに関しては、夢みたいで……」

先生に触れられると、ドキドキする……。抱きしめられた感覚も蘇り、顔が熱くなってきた。

そんな私に、先生は優しく微笑んだ。

「夢なんかじゃない。それからきみのことを、久美と呼んでいいだろ？」

「も、もちろんです。さっきも呼ばれてましたよね？」

改めて聞かれると、恥ずかしいな……。

「そう呼びたかったから。それに隆斗――あいつが、きみを久美ちゃんと呼ぶだろう？　あの呼び方が、どうしても気になる」

そう言った先生に、私はふふっと微笑んでいた。

なぜなら、最後の言葉を言う頃には、先生はどこか照れくさそうだったから。

もしかして……ううん、きっと先輩にヤキモチを焼いている。そんな先生が垣間見れて、柔らかな気持ちになっていた。

「先輩には、高校生のときにお世話になったからです。その頃からの呼び方なので……」

特別深い意味はないことを強調したくて言うと、先生は静かに頷いた。

「すまない。子供じみたことを言ったな。隆斗の話は、おしまいにしよう。マドレーヌ、本当においしかった。ありがとう」

「いえ。お口に合ってよかったです」

隆斗先輩の話を切り上げた先生に、あれこれ詮索したくなる気持ちも湧く。

ふたりの仲はどうなんだろう……。少し心配にも思えるけれど、先輩はジュースを先生に渡してくれていたし、私が考えるほどじゃないのかもしれない。

「じゃあ、そろそろ行こうか？　次は……少しふたりきりになりたい」

「え……？」

ふたりきりという言葉に、過剰に意識してしまう。今だってふたりきりなのに、それとは違う意味だということ？

戸惑いを見せる私の手を、先生は優しく握った。

「次、いつ会えるか分からないんだ。だから、こうやって会えるときは、きみとのふたりの時間を多く持ちたい。どうかな？」

そうか……。先生は忙しくて、次の約束ができないんだ。今日は本当に、たまたまゆっくりできるだけ……。

「そうですよね……。先生は、お忙しいですから」

分かっているつもりなのに、改めてそれを考えると寂しい。電話やメールだって、頻繁にはできないのだろうし……。

「立場上、俺はどんなときでも、医者であることを優先しなければいけない。もちろん、きみと一緒のときでさえも」

「はい。分かっています。私は、そんな先生を応援したいので」

だから、自分の仕事も頑張ろうって思えたのだから。私は、医者としての先生を見るのも大好き……。

「ありがとう。だから、ふたりきりのときは、きみとの時間を大事にしたいんだ」

そんなにまで言ってくれる先生の気持ちが心底嬉しいし、その想いに応えたい。

それに、私だって先生とのふたりの時間を、たくさん作りたいから……。

「それなら、私のマンションへ来ませんか？　狭いですけど、ゆっくりはできます」

お昼ご飯をどこか外で食べるとなると、先生に気を使わせてしまうかもしれない。

今日は私の自宅へ招待して、ご飯を作ってみようかな。

そう思って、先生に提案をしてみた。すると先生は、笑みを浮かべた。

「お邪魔して、いいのか？」

「もちろんです。なにもない部屋ですけど……」

可能な限り、ゆっくりしてほしい。

そう考えていると、先生が私の手をギュッと握った。大きくて温かくて、筋の締まった先生の手が私の手を包む。それだけで、とてもドキドキしてしまう。

「充分だよ。久美がいてくれるのだから」

「先生……」

こんなに、ストレートに想いをぶつけられたのは初めてで、胸が熱くなってくる。

どうして先生が、そこまで私を好きになってくれたのか、不思議に思うけれど、先生の言葉を素直に受け止めよう。

そして私も、自分の想いを先生に伝えていきたい……。

強い女性になります？

それから私たちは、私のマンションへ向かった。

勢いで先生を招待したものの、とてもドキドキしてしまう。

「どうぞ、先生。本当に狭い場所なんですが……」

「いや、そんなことない。お邪魔します」

先生は脱いだ靴を揃えて玄関を上がる。高級そうな革靴だし、マナーもきちんとされているし、本当に育ちのいい人なんだな……。

部屋へ案内すると、先生は遠慮がちに入ってきた。男性を招き入れるのは初めてだから、私も緊張してくる。

だけど、ふたりきりの時間を過ごしたい――。その思いのほうが強かった。

「ソファがないんです。ベッドでも、こちらのクッションでもいいので、座ってください」

1DKの部屋にはテレビと小さな丸いローテーブル、それにベッドとドレッサーがあるだけ。ダイニングには食器棚を置いたら食卓が置けず、食事はローテーブルで取っている。

普段は仕事で家にはいないし、ひとり暮らしには充分な広さだけれど、先生には狭く感じるかもしれない。

いざ先生を案内して、今さらながら気づく。

先生は、長身で足が長い……。床に座ってもらうには、窮屈かも……。

ピンクのクッションは低反発のものだから、肌触りと使い心地はいいはず。これに座ってもらえば、少しは快適かな。

「足を伸ばしてくださいね」

「ありがとう。そんなに気を使わなくていい。それより、綺麗なクッションなのに、座っていいのか？」

先生は、ためらいがちにクッションを眺めている。先生こそ、気を使いすぎだと思うのだけど……。

「大丈夫ですよ。私も、いつも座ってますから」

微笑みながら答えると、先生はそれを手に取り、端に寄せた。

「先生？　あまりお気に召さなかったですか？」

拒否されたようで残念に思うと、先生は首を横に振った。

「そうじゃない。これは、久美が使ったらいい。きみのなのだから」

そう言って、先生は直に床に座った。

ラグもなにも敷いてないから、硬くて冷たいはず。

「先生が使ってください。痛く……ないですか？」

クッションを差し出すと、先生は私の腕を掴み、優しく引き寄せた。弾みで彼の胸に顔が埋もれる。そしてギュッと抱きしめられた。

「俺は、こうやってきみと恋人同士になれて、それだけで満たされてる。他のことは、なにも気にならない」

「先生……。どうして、そこまで私を？」

胸を高鳴らせながら、私は先生に体を預ける。広くて大きな胸から、彼の温《ぬく》もりを感じていると、離れたくないと思ってしまっていた。

「だんだん、きみが気になっていた。入院してすぐの頃は心配しかなかったけど。そうだな……きみが前向きに考え始めた頃から……」

「あのときから……ですか？」

「ああ。それまでとは変わって、今度は頑張りすぎるだろ？　無理しすぎていないか、久美のことが気になって仕方なかった」

知らなかった……。入院中、先生がそんなふうに考えてくれていたなんて。

初めて知った彼の本音に、私の心はさらにときめいた。

「嬉しいです、先生……。そんなに、気にかけてくださっていたのが」

そう言うと、先生に優しく頬を触れられる。

高鳴る鼓動を感じながら、彼を見つめた。

「退院のとき、オペが入ってきみを見送れなかったろ？　あのときから、ずっと気になっていたんだ」

「私も、あの日は先生にお会いできず、寂しかったです。だから、今がまるで夢みたいで……」

先生の恋人になったなんて、まだ信じられないくらい。

私も、入院中に初めて先生の笑顔を見てから、気持ちが傾いていたのだと、今なら分かる。仕事で病院を訪れたときも、先生に会えないかなと期待していたのは、きっと彼を好きだったから。

でも、その気持ちに気づかないふりをしていたのは、自信がなかったからだと思う。

先生がまさか、私を好きになってくれるなんて、想像もできなかったもの……。

「夢みたいな気持ちなのは、俺も一緒。きみと出会ったときは、自分が恋に落ちるなんて思ってもみなかった」

「先生……」

それは私だって……。先生に『甘い考え方だな』と言われた頃、今の私たちの関係を想像することはできなかったから。

「今が夢じゃないと、お互いに感じ合おう」

「え？」

その瞬間、先生は顔を近づけて唇を重ねた。

「ん……」

不意打ちに驚きつつも、彼のキスを受け入れる。

先生の舌が私の舌を絡めてきて、思わず声が出てしまった。

頭がクラクラするほどに濃厚なキス。部屋には、少し乱れた私の呼吸と、舌を絡め合う音が響いている。

それから、どれくらいキスを交わしていたのだろう。ようやく唇が離れたときには、すっかり頭がボーッとしていた。

だけど先生は、余裕ある表情で笑みを向けている。

「次に会うときまで、久美の唇の感触を忘れないようにする」

そんなことを言われたら、先生ともっともっと一緒にいたいと思ってしまう。それに、たくさん会いたいとも……。

でも、そんな我儘は言えない。言えないけど、今なら少しくらいはいいかな……。

「私は、忘れちゃうかもです……」

冷静になれば、恥ずかしいことを言ったと思う。

でも、心の中が先生でいっぱいで、彼以外のことを考えられなくなっていた。

「忘れる？　まだ、足りなかったかな」

優しく言った先生は、再び唇を塞《ふさ》ぐ。痛いくらいに私を抱きしめて、時間が経つのを忘れるほどにキスをしてくれた——。

翌日、堂浦先生と恋人同士になったことが、まだ夢見心地で出勤をした。

先生との初めてのキスを思い出すと、恥ずかしさと嬉しさとで頬が緩みそうになる。

そんな自分を落ち着かせるため、オフィスに入る前に化粧室へ向かった。

「あ、久美おはよう。久しぶりだね」

中へ入ると、鏡の前でヘアスタイルをチェックしていた綾子《あやこ》が声をかけてくる。

彼女は営業三課の同期で、スレンダーな美人。前は仕事終わりによく食事に行っていたけれど、ここ二年くらいは会社でたまに会話をする程度。

その綾子と久しぶりに顔を合わせて、私は嬉しさが込み上げた。

最近は、復帰したばかりで、自分のことだけで精一杯だったから、同期と少しでも会話ができることに気持ちも明るくなる。

「本当に久しぶりね。綾子、先月の数字がよかったみたいね。一課でも、話題になってた」

彼女の隣に立ち、私も身だしなみをチェックする。鏡越しに綾子を見ると、彼女は恥ずかしそうに肩をすくめていた。

「たまたま……ね。それより、久美も頑張ってるみたいね。怪我はもういいの？」

「うん。すっかりよくなったから、仕事を頑張ってるつもり」

そう答えると、綾子は笑みを見せた。

「すごいのね。そういえば久美って、ソンシリティ病院も回ってるんでしょ？」

「そうよ。入院してた病院でもあるから。恩返しの意味も兼ねてね。商品をピックアップして、営業してるのよ」

説明をすると、綾子は興味深く頷いて、少し茶目っ気のある言い方をした。

「有名な外科医がいるんでしょ？　噂に聞いたことがあるから。病院で素敵な出会いはなかったの？」
綾子にそう聞かれ、ドキッとした。
まさか、その外科医と付き合うことになった……だなんて言えない。
仕事中の事故とはいえ、入院して会社に迷惑をかけたのだし、復帰して頑張ってい
る最中に担当医と恋人になったとは、とても人に話せなかった。
「まさか、そういうのはないよ」
努めて冷静に答えると、綾子はため息をついた。
「やっぱりそうよね。そんな、都合のいいことがあるわけないか。それに、もしあっ
たとしても、私にドクターは無理だな」
「どうして？」
無理という言葉が気になって、思わず綾子に聞き返す。
「以前に聞いたことがあるんだけどね、医者と付き合う人は、自立した女性じゃない
と難しいんだって」
「自立した女性……？」
「うん。医者って忙しい仕事でしょ？　だから、会えなくて寂しいなんて言う女性だ
と、長続きしないんだって」

「そうなんだ……」

綾子の言うことはもっともで、たしかに先生は次にいつ会えるか分からないと言っていた。こうしている今も、診察や急患対応、それに手術をしているはずだ。

先生の忙しさは、きっと私の想像を上回るほどに違いない。そこに会いたいとか、自分の気持ちをぶつけてしまうと、先生の重荷になっちゃうんだ……。

「私は、好きな人には甘えたいタイプだから、ドクターは無理だな」

綾子は肩をすくめると、「じゃあ、またね」と私に声をかけ、化粧室を出た。

「自立した女性……か」

寂しく思うこの気持ちを先生に悟られてはいけない。先生の前では〝会えなくても寂しくない〟と、自立した女性として振る舞ったほうがいいんだ。

鏡に映った自分を見つめて、大きく頷いた。

先生に支えてもらったのだから、今度は私が彼を支えたい――。

「高野さん、こんにちは。お困りのこととかないですか？」

今日は、二週間ぶりのソンシリティ病院への営業。

先生と付き合って、約一週間。今日まで、お互い連絡を取っていない。

この土日もひとりで映画を観たり、ウィンドーショッピングをしながら過ごした。外来は日曜が休診とはいえ、入院患者さんがいるから、先生の出勤はある。その間にも、きっと緊急の手術があったり、大変だったに違いない。だから私からは連絡をしないでいた。

本当は会いたいし、たくさん話がしたい。だけど、先生の仕事の邪魔にはなりたくないから、我慢しなくては……。

「そうですね。商品の発注を、もっと簡単にできたらいいんですが」

「発注ですね。分かりました」

今は電話メインだものね。それだと、手間がかかってしまうのかもしれない。

高野さんに、ファックスやタブレットでも注文できることを伝えると、どちらも希望した。やり方をひと通り説明すると、聞き終えた高野さんが笑顔を向けてくれた。

「ありがとう、小松さん。これで、タチバナ飲料の商品をもっと売ることができるわ」

そう言われて、私も笑みがこぼれる。

どうやら高野さんは、意識して先生たちにうちの商品を勧めてくれているらしい。

「こちらこそ、ありがとうございます。それから、もし差し支えなければ、これを置かせてもらえませんか？」

言いながら、鞄からA4サイズの紙を取り出した。五十枚ほど刷ってきていて、立てるためのスタンドも持ってきている。

「これは？」

怪訝そうな高野さんに、私は一枚手渡した。

「アンケートなんです。五項目プラス自由記述欄になっていまして。今後の、商品提供の参考にさせていただきたいんです」

回収ボックスも作ってきたけれど、カウンターの邪魔になるかもしれない。断られたら、おとなしく引くつもりでお願いすると、高野さんは数秒考えてから言った。

「いいですよ。私も参考にしたいですから、置いておきます。対象者は、どなたでもいいんですよね？」

「ありがとうございます！　もちろん、どなたでもかまいません」

アンケート用紙とスタンド、そして回収ボックスを設置する。そして、高野さんに来週また来ると約束をすると売店をあとにした。

堂浦先生、今日も忙しいのかな……。

気にかかりながら院内を歩いていると、偶然にも先生を見かけた。私の少し先をひとりで足早に歩いている。思わず声をかけそうになり、それを飲み込んだ。

すると、先生が私に気がついて足を止めた。

先生までの距離は少しあり、声をかけるには駆け寄らないといけない。でも、ここは病院だから、軽々しく話しかけてはいけない……。

本当は、会えて嬉しいことや、もっと顔を見たいことを伝えたいけれど、それでは先生の足手まといになってしまう。

高鳴る胸を抑え、先生に軽く会釈だけすると裏玄関へ向かった。

こんなふうに、病院で会うことだってめったにない。でも、ここで先生に話しかけたら、別れにくくなっちゃう。先生に余計な気を回させてしまうことはしたくなくて、自分の心に蓋《ふた》をして病院をあとにした。

駐車場に停めてある社用車に乗り込みながら、せめて元気かどうかだけでも聞けばよかったかなと後悔する。

メールだけでも……ダメダメ。それが、先生の邪魔になる行為。

そう自分に言い聞かせて、私は車を走らせた。

怪我から復帰したばかりなのだから、今は仕事を頑張らなくちゃ。先生も、それを望んで入院中に厳しい言葉をかけてくれた。だから、先生と付き合うことになっても、それを見失ってはいけない。彼のことばかり、考えていてはいけない。

そう活を入れ続けているけど……。


「疲れた……」

自宅に帰り、即ベッドへ転がった。うつ伏せのまま、手にはスマホを握り、しばらく考え込む。

病院で堂浦先生を見かけてから、一週間が過ぎた。結局、付き合ってから一度も、お互い連絡をしていない。

今日、ソンシリティ病院へ行ったけれど、先生を見かけることはなかった。

代わりに高野さんから、堂浦先生が女性職員の間で大人気だと聞かされてしまう。

どうやら、先生と話ができたとか、診察のサポートにつけたとか、そういう会話で盛り上がっているのを耳にすることが多いらしい。うちの会社のジュースも、先生にあげるために買っていく女性職員がいると教えてもらった。

偶然話題に上ったこととはいえ、私はかなり動揺してしまった。といっても、誠実な先生が女性に簡単に揺れ動くとは思えないし、不安になる必要はない……と思うのだけれど。

やっぱり、どこか自分に自信がないからか、モヤモヤしてしまう……。

メールくらいなら、いいかな。連絡してみようかな……。

そんなことを考えていたとき、スマホの着信が鳴り、慌ててベッドから起き上がった。先生からの電話かもと、どこか期待する自分がいる。

緊張しながらディスプレイを見ると、やっぱり堂浦先生からで急いで応答する。

「も、もしもし……」

《もしもし。久美、今大丈夫?》

久しぶりに聞く先生の声に、胸はどうしたって高鳴る。一気に鼓動が速くなるのを感じながら、スマホを握り直した。

「大丈夫です。先生は、お仕事は終わったんですか?」

《いや、今夜は当直なんだ。少し落ち着いてるから電話した》

当直なんだ……。本来なら、仮眠を取ったりする時間よね。それなのに、私に電話をくれるのは、私を気遣ってくれているから……。

「先生、私は大丈夫なので、仮眠を取ってください」

《え?》

「先生は毎日お忙しいんですから、休める時間は休まないといけないですよ。先生を必要としている患者さんはたくさんいます」

今夜、先生から連絡をもらえなかったら、付き合っていることが、夢のように思えていた。だから、とても嬉しくてもっと話がしたい。

だけど、先生の重荷にだけはなりたくない。会えなくても、私は大丈夫だと彼に伝えたかった。

《久美、ありがとう……》

「いいえ。先生、少しは休んでくださいね。それじゃあ、また……」

ゆっくり電話を切ると、大きく息を吐く。

これでいい。先生に安心して、仕事に打ち込んでもらいたいから。

先生からの電話で、疲れが飛んでいった気がする。声が聞けて、本当によかった。

でもやっぱり、会いたいな――。

「お疲れ様でした」

今日も仕事が終わり、明日は土曜日。

先週、先生から電話をもらって以来、お互い連絡はしていない。

寂しいし、会いたい気持ちは募るばかり……。でも、それを言ってしまっては、先生の邪魔になってしまう。

明日からの土日は、なにをして過ごそうかな。今までずっとひとりで楽しくやってきたのに、先生と恋人になれたら、ひとりで過ごす週末が色あせて見えてしまった。

また映画でも観に行こうかな……。

そんなことを考えながら会社のビルを出たとき、背後から声をかけられた。

「久美」

その声は堂浦先生で、私は驚いて振り向く。

「先生！　どうしてここに？」

ネイビーのシャツに、同系色のパンツというラフな私服姿だから、勤務終わりなのかな。それとも、休みだった？　どちらにしても、偶然会えて嬉しくなる。

だけど、それを態度に出すと先生には重荷になるかもしれない。高鳴る胸を抑えて、平静を装った。

「今日は、外来で終わりだったんだ。帰宅途中なんだけど、もしかしてきみに会えるかと思って、車を停めてみた」

「そうだったんですね……」

嬉しい……。先生が、私のことを考えて来てくれたなんて。

ここが誰もいない場所なら、すぐにでも駆け寄って先生の胸に飛び込みたいくらい。

だけど、私は自立した女性にならなければ。先生の足手まといにはなりたくない……。

「久美も仕事が終わりなのか？」

「はい。帰ろうかなと思っていまして……」

先生は、明日も仕事なんだろうな。もし今夜、私に会えなかったら、どうしていたんだろう。あまり、無理しないでほしい……。

それとも、私がなにか心配かけているのかな。こうやって、無理を押して会いに来てくれるのだから、体調や仕事ぶりを心配してくれているとか……？　そうだとしたら、とても申し訳ない。

「そうか……。明日は、仕事は休み？」

「はい。先生は？」

「明日は午後からだよ」

「そうですか……」

なんだか、会話がぎこちなく感じる。先生はどこか遠慮気味だけど、どうしたんだろう。

不安に駆られつつも、先生に余計な心配をかけたくなくて、無理やり笑みを作ると、彼に言った。

「先生、お体は大事にしてください。それじゃあ……」

もっともっと話したいし、会えて嬉しいと伝えたい……。でも、お医者さんと付き合うなら、自立していなければ。

身を翻したとき、突然先生に腕を掴まれた。

「どうして、そんなに避けようとするんだ？」

「えっ……？　避ける……ですか？」

肩越しに振り向くと、先生がまっすぐ私を見つめている。人通りの多い場所で、私たちは道行く人たちの視線を集めていた。

「そうだよ。病院で会ったときも、避けていただろ？　電話でも素っ気なくて、俺との関係を後悔してる？」

「こ、後悔だなんて、そんなはずないです」

先生に向き直り、慌てて否定する。

もしかして私、先生に勘違いをさせていた……？　まさか、不安にさせていたの？

「本当に？」

静かに言う先生に、私は頷く。

誤解をさせていたなら、一刻も早く解かなければ……。

「本当です。私、自立した女性になりたくて……」

「自立？」

怪訝な表情をした先生に、私は綾子から聞いた内容を話した。

先生の足手まといになりたくなくて、会えなくても平気なふりをしていたことを打ち明けると、大きく息をつかれてしまった。

「たしかに、きみの言う通り、どうしても会えないのに、会いたいと押し通そうとされても困る部分はある。だけど、自分の気持ちを、そこまで抑える必要はない。俺は、久美に会いたかったよ」

先生の溺愛が始まっちゃいました

「先生……。私も、本当はとても会いたかったです……」

会いたいと言われて、胸が熱くなってくる。

もしかして、先生はここで私をずっと待ってくれていた……？　彼は帰宅途中のような口ぶりだったけれど、きっと違う——。

「俺と付き合うことに、そこまで気を回さないでほしい。ありのままの久美でいいから」

先生はそっと、私の手を包み込む。

そんなふうに手を握られたら、離せなくなっちゃう。

「はい。でも、先生はお忙しいのに、私が会いたいって言ったら……」

そう言うと、先生はまるで私の言葉を遮るように答えた。

「嬉しいよ。俺に会いたいと言ってくれるなら、それは嬉しい。迷惑なんかじゃない」

「でも……。先生のことを、たくさんの患者さんが必要としています。私が、邪魔な存在になるわけにはいきません」

「避けられるほうが心配になって、きみのことばかり考えてしまうけどな」

クスッと笑った先生は、私の手を優しく引いた。

「今夜は、俺のマンションへ招待する。来てくれないか？」

「でも……。いいんですか？　お疲れなのに」

明日も仕事だと言っていたのに、私がお邪魔していいのかな。

遠慮がちに聞いた私に、先生は優しく微笑んだ。

「きみといると、癒されるから。言ったろう？　久美の優しさを独り占めしたいと」

「先生……」

そこまで言ってもらえて、心が温かくなってくる。

先生には、素直に会いたいと言っていいんだ……。

「行こう。久美と、早くふたりきりになりたい」

「はい……」

ありのままの自分でいいという言葉は、私自身が受け止められたみたいで気持ちが温かくなる。

先生は私の手を握ったまま、ゆっくりと歩き出す。すぐ先にパーキングがあり、彼の車はそこに停められていた。

車に乗り、ほどなくして着いた場所は高級タワーマンション。オフィス街から、車で十分ほどの場所にある。

ソンシリティ病院からも車で十分程度。きっと通勤も考えて、このマンションに住んでいるんだろうな……。

その最上階である五十三階が、彼の部屋だと聞いて、私はエントランスですでに緊張でいっぱいだった。

「お帰りなさいませ、堂浦様」

自動ドアを抜けるとすぐに、四十代前半くらいの男性が丁寧に出迎えてくれた。どうやら、コンシェルジュらしく、驚いてしまった。

カウンターがあり、その背後にはまるで金庫のようなものがズラリと並んでいる。なんだろうと不思議に思っていると、その男性が『53』と書かれた場所を鍵で開け、中から郵便物を取り出した。

「堂浦様、本日分でございます」

「ありがとう」

手渡された郵便物を受け取った先生は、私の背を優しく押し、エレベーターへ促した。

四基あるエレベーターのうち、一番手前のものは高層階のみ止まるらしい。エレベーターに区別があることにもびっくりする。

「ソファとかテーブルもあって、まるでホテルみたいなエントランスですね……」

先生の部屋にお邪魔するだけでも緊張するのに、さらにこんな高級なマンションだなんて……。自分には場違いな気がして、萎縮《いしゅく》しそうになる。

そんなことを考えている間にも、エレベーターは五十三階に着き、先生のあとに続いて降りた。

床は大理石で、歩くたびに靴音が響く。正面に玄関がひとつあるのみで、最上階は先生の部屋しかないみたい。

カードキーをかざして鍵を開けた先生は、私に中へ入るように促した。

「どうぞ」

「は、はい……。お邪魔します」

緊張しながら玄関へ入ると、ダウンライトが反応して点灯する。すると同時に、廊下の電気も点《つ》いてびっくりした。

長い廊下の先に、リビングがあるみたい……。

「どうかした？　遠慮せず上がって」

靴を脱いだ先生は、私を怪訝そうに見る。だけど、不安な気持ちに駆られた私は、心細い視線を彼に向けた。

「本当にいいんですか……？　先生のお部屋だと思うと、急に緊張してしまって……」

それも、こんな高級なマンションだし……。コンシェルジュなんて、漫画で見たことはあっても、現実で目にすることなんてない。

改めて、先生が大病院の御曹司で、エリート外科医なんだと実感した。

すると先生は、クスッと優しく笑った。

「今さら、きみを帰すつもりはない。久美、俺はどれだけきみに会いたかったか」

「せ、先生……？」

私の頬を優しく包み込んだ先生は、ゆっくりと顔を近づけてくる。そして、彼の唇が重なった。

「ふ……ん……」

玄関先で、こんな濃厚なキスを受けるなんて……。舌を絡められ、息もできない。

体が熱くなるのを感じながら、足が小さく震えてくる。

立つのもやっと……。

すると、唇を離した先生に、ふいに抱きかかえられた。

「せ、先生？」

恥ずかしい……。

こんなふうに抱き上げられたのは初めてで、顔が熱くなりながら先生を見た。

動揺する私とは反対に、先生は余裕のある笑みを見せている。

「きみのすべてを、俺だけのものにしたい」

「先生……」

その言葉の意味が分かるから、さらに体が熱くなる。

いいの……？　自分の気持ちを伝えても、先生の迷惑にならない……？

「いいだろう？　きみを離したくない」

「はい……。先生に、ずっと会いたかったです。本当は、毎日でも連絡したいくらいに……」

恥ずかしさでいっぱいになりながら、彼の胸に顔を埋めた。

「俺も、そう思っていたよ。久美の声が毎日聞きたいと……」

先生はそう言って、私の靴をそっと脱がせる。そして、私を抱き上げたまま、ゆっくりと歩き出した。

キラキラと輝く夜の街。ネオンはまるで宝石のよう……。

窓からの明かりで、ライトが消されている部屋でも先生の顔ははっきり見える。

「久美……」

キングサイズのベッドへ私を下ろした先生は、そう名前を呟くと唇を塞いだ。

舌を絡めるキスに、唇が濡れていく。彼の手が胸に触れ、体が小さく跳ねた。

「ん……」

先生はメスを持つからか、指に硬い部分がある。服の下から私の体をなぞる先生の手をそっと握った。

「どうかしたか？　触れられたくない？」

息が少し乱れた先生が、静かに言った。

私は肩で息をしながらわずかに首を横に振る。そして、彼の手をじっと見つめた。

「違います……。私、先生の指が好きだなって思って……」

「指？」

先生は少し怪訝な顔をしているけれど、それに答えるより先に、彼の指にキスをした。そんな私に、先生は小さく微笑んだ。

「この硬くなっているところは、メスを持つからですよね？　ここに、先生のお医者さんとしてのすべてが詰まっているみたいで……」

そう言うと、先生は再び唇にキスを落とした。

「久美。やっぱりきみは、俺の心を乱すよ。きみを好きだという想いが、どんどん止められなくなる」

「先生ってば……」

照れくさくてぎこちなく微笑むと、先生も微笑み返してくれた。

「本当だ。久美の純粋さや健気《けなげ》さ……それと少しの天然さが、俺には愛《いと》おしくてたまらない」

「先生……。嬉しいです。本当に……」

そんなに先生の心を掴むほど、私はなにかをしたかなと思う。自信はまだないけれど、彼の想いを素直に受け止めよう。

先生にゆっくりと服を脱がされ、素肌にキスの雨を降らされる。彼もシャツを脱ぎ、ズボンのベルトを外す音が聞こえてきたとき、私の鼓動はさらに高鳴った。

「久美……」

「先生……」

素肌でお互い抱きしめ合い、温もりを確かめる。

温かいより、熱く感じる先生の体……。

引きしまった胸に抱かれ、私は甘く熱い夜の時間に引き込まれていった――。


――体が少し痛い。

こんなに熱く抱かれたのは、初めてだからかな……。

汗が引き始め、私はボーッとしたまま先生の腕の中で甘い夜の余韻に浸っていた。

キラキラ輝く夜景も素敵だけれど、今は先生しか見えない……。

「久美、なにか飲む？」

私の髪を撫《な》でていた先生が、ふとそう言った。大きく肩で息をしていた彼も、すっかり落ち着いている。

「はい。いただいていいですか？」

そう言われてみれば、喉が渇いたな。心なしか、喉も痛いし……と思うと、照れくささが込み上げる。

私、本当に先生と……。

ゆっくりと起き上がると、先生が私の額にキスを落とした。

「きみは、ここで待ってて」

「はい……」

優しく微笑んだ彼は、シャツを羽織り、ベッドを降りる。そのスマートな仕草に惚《ほ》れ惚《ぼ》れしながら、私もベッドの下に落ちていた服を取るとそれを着た。

ほどなくして、キッチンから戻ってきた先生が手にしていたものは、タチバナ飲料のジュースだった。フルーツミックスの新商品。そのパックをふたつ持ってきた先生は、ひとつを私に差し出した。

「ありがとうございます……。先生、気を使ってくださっていますか？」

私の手前、タチバナ飲料の商品を選んでいるのだとしたら、申し訳ない。私だって、他社製品のものを飲むときだってある。

そう思っていると、先生はクスッと笑った。

「違うよ。これは、俺が気に入ってるから。甘くておいしいよな」

先生はストローを差し、それを飲み始めた。私に気を使っているわけじゃないと分かって、安心しながら私もジュースを飲んでいると、ふふっと笑ってしまった。

「先生のストロー姿って、やっぱりかわいいですよね。絵になってます」

そう言うと、先生はどこか照れくさそうに軽く私を睨んだ。

「かわいいのに、絵になるのか？」

〝かわいい〟がＮＧワードだと気がついたけれど、私はそれでも先生に笑みを向ける。

「プチ甘な感じなんです。かわいいけど、セクシーなような……」

言葉で言いづらいけれど、先生の甘さとクールさがミックスされている、そんな雰囲気がある。

するとし、私からジュースを取り上げた先生が、ふいに唇を塞いだ。

「ん……。せ、先生」

弾みでベッドに倒れてしまう。先生は、そんな私にさらにキスを重ねてきた。

フルーツジュースを飲んだせいか、彼のキスが甘い……。

数回キスを繰り返したあと、先生が唇を離して言った。

「かわいいって褒め言葉は、あまり嬉しくないな」

「す、すみません……。そうですよね」

男の人に使う言葉じゃなかったと、反省する。

先生に不愉快な思いをさせちゃった……。

「それから、プチ甘っていうのも、不本意だな」

「え？」

意味が理解できない私に、先生は再び唇を塞いだ。それも、かなり激しく……。

「んん……。先生……」

息もできないくらいに濃厚なキスとともに、彼の大きな手が私の体を這《は》っていき、甘い声が漏れる。

医師であるときとは違う、プライベートでの彼は私の胸をときめかせ静まらせることを知らない。

先生が、こんなに甘い人だったなんて……。

首筋に胸に、強いキスを落とした先生は、私を見て微笑んだ。

「そんな中途半端な甘さじゃないだろう?」

「は、はい……。ごめんなさい、先生」

なにも考えられないくらいに、頭がボーッとする。

自然に目を閉じると、また先生の唇が重なった——。

「……美。久美」

先生の声が、遠くに聞こえる。返事をしなくちゃ、そう思うのに目を開けられない。

夢のような夜の余韻が残っているからか、気分がふわふわしている感じだ。

なかなか返事ができないでいると、唇に柔らかい感触を覚える。これって、先生のキス……？

ふと目を開けると、先生の穏やかな笑みが見えた。

いつの間にか眠っていたみたいで、窓の外は明るくなっていた。

「もう、朝なんですね……」

夢心地で呟きながら、少しずつ我に返る。

先生の優しさと気持ちに甘えてしまい、お泊まりしちゃった……。

「そう、朝だよ。といっても、まだ早いけど」

先生がそう言ったから、私はスマホで時間を確認する。すると、まだ朝の六時だと分かった。

たしか、今日は先生はお昼から勤務だったはず。

「すみません、先生。私、もう帰ります。ご迷惑をおかけしてしまって……」

急いで起き上がると、自分が服を着ていないことに気づき、途端に恥ずかしくなる。

ベッドの下に落ちている服を取ろうとすると、それより先に先生が私を押し倒すように覆い被《かぶ》さってきた。

ドキドキと胸を高鳴らせながら先生を見つめると、優しい笑みを向けられる。

「迷惑なんて、かけられていないよ。きみを引き止めたのは俺だから」

「でも、お泊まりしちゃいましたし……」

と言っている間から、先生は私の首筋にキスを落とす。思わず声が出そうになり、とっさに手で口を押さえた。

「なんで、止めるんだ？　声を出したっていいだろう？」

先生に意地悪く聞かれ、私は照れくさく思いながら答える。

「だって、朝ですし……」

「朝だと都合が悪い？」

「で、でも先生はお昼から勤務なんじゃ……？」

胸が高鳴る。それに気づかれるんじゃないかと思うくらいに、先生の手は私の胸のあたりを這っていた。

「そうだよ。だから、まだ時間がある。久美を、独り占めしたいと言ったろう？　ふたりきりのときは、遠慮しない」

「先生……」

強く唇を塞がれ、甘い声が漏れていく。

朝から先生に求められて、拒む理由なんて見当たらない。

『独り占めしたい』

その言葉が嬉しくて、胸の高鳴りを抑えられなかった。

先生との甘い時間のあと、シャワーを浴びてメイクをする。広い洗面台は綺麗に使用されていて、大きな鏡は汚れひとつない。寝室も片付けられていて、忙しい中でも部屋が整頓《せいとん》されていることに感心してしまった。

「久美、支度できた？」

ドアの向こうで、ノック音とともに先生の声が聞こえる。

私は急いで髪を結び直すと、ドアを開けた。

「すみません。お待たせしました」

先生は病院へ向かうのだから急がなければいけないのに、待たせてしまい申し訳なく感じる。

すると、そんな心とは反対に、先生は私の腰に手を当て引き寄せた。

「髪をアップにした姿もかわいいんだな」

「せ、先生……。あまり、お時間がないんじゃないですか？」

そっと彼の胸に手を当て、わずかに抵抗する姿勢を見せる。あまり効果はないと分かっているけれど、とても恥ずかしいから……。

するると、先生は唇にキスを落とした。

「ないけど、きみを見ているとキスをしたくなる。やっと、俺だけのものにできたって気がするから」

「先生ってば……。でも、どうしてそこまで私を、想ってくださるんですか？」

こんなに甘い言葉をかけられて、嬉しくて胸が高鳴る。だけどその気持ちと同じくらい、彼の想いが不思議にも感じていた。

すると、先生は小さく笑みを浮かべたまま、静かに言った。

「きみの思いやりや、頑張り屋なところ。そして、まっすぐなところ」

「でもそういう方なら、私じゃなくても……。他にもいらっしゃると思うんですが……」

自信なく答えると、彼はゆっくりと首を横に振った。

「いないよ。きみほど、俺の心を掴んでいる女性は……」

「先生……」

私が、先生の心を掴んでる……？

それはとても嬉しくて、心が温かくなっていく言葉。

胸が熱くなるのを感じていると、彼のキスが私の唇を塞いだ。

「ん……」

先生は濃厚なキスをしながら、私の背中を撫でる。服の上からとはいえ、彼の大きな手を感じて体が熱くなっていた――。


「それでは先生、ありがとうございました。お仕事を頑張ってください」

車で駅まで送ってもらい、ロータリーに停車したところで、先生に挨拶をする。

思いがけないお泊まりだったけれど、とても名残り惜しく感じてしまった。

また先生の多忙な日々が始まるのだから。

いつでも連絡していいと言ってくれたものの、やっぱり遠慮がある。メールくらいなら、ただ送るだけ……もアリかなと思うけれど。でも、返信しなければいけないと気を使わせたくもない。

そんなことを考えると、こうやって会える時間が、とても貴重なものに感じる。

「お礼はいい。俺のほうこそ、久美と過ごせてよかったよ。また連絡する」

そう言った先生は、ふいに唇にキスをした。

一瞬のことだったけれど、私は顔が赤くなるのを自覚した。

「先生ってば、大胆すぎますよ」

土曜日の駅前は、カップルや友達同士のグループなどで賑わっている。少し外れた場所に停まっているとはいえ、人に見られるかもしれない。

恥ずかしさを隠せない私とは対照的に、先生は余裕ある笑みを浮かべた。

「大丈夫だよ。誰も、この車を意識して見ていない」

「そうですか……？」

海外の有名高級車というだけでも視線を集めていたのが窓から見えたけど……先生は、気にならなかったみたい。

それ以上反論するのもかわいげがないかなと思い、小さく笑みを返してシートベルトを外した。そして車を降り、窓越しにもう一度挨拶をする。

すると、先生は窓を開けて手を伸ばし、優しく私の手を握った。

「また連絡する」

「はい……」

温かい先生の手に、いつまでも触れていたい……。

そんな気持ちを抑えて、笑みを向けて彼の手を離した――。

先輩に怪しまれています⁉

土日は、普段通り部屋の掃除やウィンドーショッピングなど、ひとりの時間を満喫した。

ひとりで過ごしていても、心がどこか浮かれるのは、先生と想いが通じ合ったからなのかな……。

月曜日の出勤も、いつもより足取りが軽く感じる。見上げる青い空も、なんだかより澄んでいるように思えるし。

今日は、ソンシリティ病院へ直行の日。

もしかしたら、先生に会えるかな……？

そんな期待を持ちながら歩いていたとき、メールが入ってきた。会社のものではなく、プライベート用のスマホ。

立ち止まり、鞄からスマホを取り出すとメールを開く。すると、それは堂浦先生からで、胸を高鳴らせながら読んだ。

土曜日に別れてから、初めてのメール。いつでもいいと言われても、やっぱり連絡をするのは気が引けてしまい、私からはできなかったから、先生から連絡をもらえて嬉しくなる。

【おはよう。俺は当直明けだから、今から帰るよ】

「当直明けだったんだ……」

やっぱり連絡しなくてよかった。夜間の急患対応とか、きっと忙しかったに違いない。

それにしても、当直続きで大丈夫なのかな。私に先生を支えられることが、なにかあればいいのだけれど……。

【お疲れ様でした。私は朝一番で、ソンシリティ病院へ行くんですよ。先生は、ゆっくりお休みください】

ハートマークでもつけられたらかわいいのかもしれないけれど、照れくさいし軽く見られるのも嫌だからやめておこう。

笑顔の顔文字を最後につけて送信すると、ほどなくして返事がきた。

【久美とすれ違いか。残念だな。きみも、仕事を頑張って。応援してるし、相談にもいつでも乗るから】

先生のメールって、こんなに温かいんだ。一緒にいても心が温かくなるのに、メールのやり取りでも同じだなんて……。

先生への愛おしさが込み上げてきて、すぐに返事を打った。

【ありがとうございます。先生も、私になんでも言ってください。先生の支えになりたいので】

どんなことを、彼は喜ぶ？　なにをすればいいんだろう。

頭の中が、先生のことでいっぱいになる。

先生も、遠慮なく私にいろいろ話してくれたらいいな……。そう思いながら、駅までの道を急ぐ。

電車に乗ってスマホを確認すると、先生からまた返事がきていた。

【またお菓子を作ってほしい。きみの手作りお菓子は、本当においしいから】

「高野さん、おはようございます！」

病院に着き売店へ向かうと、高野さんに挨拶をする。自分ではいつも通り……のつもりだったのに、いつもよりテンションが上がってしまった。

「おはようございます、小松さん。なにか、いいことがあったんですか？」

クスクス笑う高野さんに、私は照れくささを感じながら小さく首を横に振った。

「すみません、朝から大きな声で。天気がいいからか、気分が乗っていました」

と、半分笑ってごまかす。

さすがに、堂浦先生とのお付き合いを話すことはできない。だいたい、周りに話していいことなのか、先生に確認していないし……。ここは先生が勤務する病院なのだから、うかつにしゃべって迷惑をかけるようなことがあってはいけない。

先生との関係は胸に秘めつつ、高野さんと業務の話をする。

タチバナ飲料の商品はありがたくも軌道に乗り、種類の拡大などを話し終えたとき、高野さんが思い出したように言った。

「そういえば、堂浦先生が小松さんのことを聞いてこられたんですよ」

「えっ⁉　堂浦先生が……ですか？」

先生が高野さんに、なにを聞くことがあるの？

不審に思いながら答えると、高野さんが補足した。

「堂浦先生といっても、柊也先生のほうじゃなくて、隆斗先生のほうですけどね」

「隆斗先生ですか……？」

先輩が、私のことを？

怪訝に思っていると、高野さんは続けた。

「ええ。おふたりは、高校時代の先輩後輩だったんですね。小松さんの、次の訪問はいつかと聞かれて……」

「そうですか。実は、先輩とは高校の部活が同じだったんですよ」

高校時代の話をすると、高野さんは興味深そうに聞いてくれた。

それにしても、先輩はどうしたというのだろう。高野さんに、私の訪問日時を聞いていたということは、私に用事があるのよね……？

どうしても気になっていると、高野さんが思いついたように言った。

「そうだわ。内線をかけてみますか？」

「えっ？　それは、さすがにご迷惑では……？　先生は、診察中かもしれないですし」

「それなら大丈夫です。隆斗先生は当直でしたから、勤務は終わっているはずですよ」

そう言いながら、彼女はどこかへ電話をしている。私は戸惑いつつも、高野さんの様子を見守っていた。

時間には余裕があるから、先輩に会うのは大丈夫だけれど、いったいどういう用件があるのだろう。

少し心配――。

高野さんが電話をしたのは、内科の処置室だった。そこは、救急で運ばれてきた人が、点滴などをして一時的に休む場所。

隆斗先輩は朝方まで処置室の対応をしていたそうで、すんなりと連絡が取れた。

ちょうど帰宅するタイミングだったらしく、高野さんと打ち合わせを終えた私は、先輩から指定された病院の外にあるカフェに向かう。

小さなカフェで、どこかレトロ感がある。テーブル席が六席あるだけの、こじんまりとしたお店だった。

「ごめんね、久美ちゃん。時間は大丈夫？」

私より数分遅れてきた隆斗先輩は、向かいの席に座り、穏やかな笑みを向けた。

「大丈夫です。先輩こそ、当直明けでお疲れじゃないですか？」

堂浦先生と同じく、先輩も体力があるんだなと感心しつつ言う。

すると先輩は、小さく首を横に振った。

「いや、大丈夫だよ。ありがとう。実は時間が合えば、今日久美ちゃんを誘うつもりだったんだ」

「あ、そういえば……。高野さんが、私がいつ訪問するのか聞かれたと言っていました」

なんだろうと不思議に思っていると、先輩は急に真面目な顔つきになった。

「単刀直入に聞くよ。久美ちゃんって、兄貴と付き合ってる？」

「えっ……？　な、なんで、そんなことを聞くんですか？」

予想もしなかった質問をされて、戸惑いを隠せない。

そんな私の気持ちを察したかのように、先輩は視線を鋭くさせた。

「土曜日に駅まで兄貴に送ってもらってなかった？　時間的にも、前の晩に泊まったのかなって思ったんだけど」

ギクッとしながら、キスをしていたところを見られていないか不安になる。

でも、それを見られていたら、付き合っているか聞くわけないか……。

たぶん、車から降りたところを目撃されていたんだ。あのとき、先生と手を握り合っていたから、それで疑われているのかも……。

どうしよう。違うと否定したほうがいい？　それとも、正直に認めたほうがいいの？

先生にまったく相談していないから、返答に困ってしまった。

すると、先輩が深いため息をついた。

「久美ちゃん、兄貴はやめとけよ。身内でも勧められないな」

「ど、どういう意味ですか……？」

黙っていたのは、肯定したことも同じ……。そうなのだと、先輩の今の言葉で分かる。だけど『勧められない』というのは、それはどうして……？

「久美ちゃんも、分かっているだろう？　兄貴は、ソンシリティ病院の跡取りなんだよ。未来の院長になる人間だ」

「はい……。分かっています」

思わず息を呑んでしまうほどに、先輩の口調が真剣で緊張が込み上げる。

先輩は、私が先生と付き合うことをよく思わないみたい……。

まさか、こんな形で反対されるとは思わなくて、ショックで言葉が出てこない。

「それならやめときなよ。兄貴は、医師としての自分しか頭にない。久美ちゃんが、つらい思いをするだけだ」

「そんなことは……」

あんなに温かい先生が、私につらい思いをさせるわけがない……。

それに私は、医師としての先生を尊重したいから、仕事を優先してもらって構わない。私は先生を信じているけれど……。

「久美ちゃんは、まだ知らないんだよ。祖父も父も、兄貴には大きな期待を寄せている。病院をもっと大きく、専門性に長《た》けたものにしたいんだ」

「だから、私はふさわしくない……そういうことですか？」

私はごく普通のサラリーマン家庭の娘で、大きな肩書きがあるわけじゃない。大病院の御曹司である先生には釣り合わないってことなのかな。

そういうことを言われているのかと、切ない気持ちになってくる。

「久美ちゃんが、兄貴にふさわしくないんじゃなくて、兄貴がきみにふさわしくないんだよ」

「え？」

どういう意味？　ますます言葉の真意が分からなくなり混乱する。

先生が私にふさわしくないって、そんなことがあるはずないのに。

「兄貴は、ソンシリティ病院に大きな理想を抱いてるんだ。それを実現するためなら、久美ちゃんを簡単に裏切るよ」

「先輩、どういうことですか？　私には、意味が全然分からないんですが……」

「兄貴は今、久美ちゃんが珍しいだけだ。俺とは違って、兄貴は特殊な環境ばかりにいたからね」

意味深な言葉の意味を確認したかったけれど、もう次のアポの時間が迫っている。

心に引っかかるものを感じながら、先輩に言った。

「先輩のご忠告は、覚えておきます。そろそろ行かないといけなくて……」

「そうか、時間をもらってごめん。久美ちゃん、連絡先を教えてくれないか？」

「連絡先ですか……」

一瞬、抵抗を感じてしまったけれど、先輩はスマホを取り出している。そして、小さく微笑んだ。

「久しぶりに再会したんだし、連絡先くらい、いいだろう？　それとも、兄貴に遠慮がある？」

「いえ、そんなんじゃありません……」

そう言われてしまっては断りづらい。仕方がないから、連絡先の交換をしておこう。

ただ、入院中に感じたように、兄弟仲はあまりよくないみたい。それに、先生は特殊な環境にいたって、どういう意味だろう。

分からないことだらけのまま、私は先輩と別れた。次のアポ先へ向かうため、駅までの道を急ぐ。

先生が私を裏切る……？　とても、そんなふうに思えないけど……。でも、先輩もなにか理由があって、そう言っているのだろうし。

そう考えると、私は先生のことを、半分も知らないいんだろうな。

付き合い始めたばかりで、なかなか会えないのだから、ほんの少しずつでも先生を知っていきたい。

そうすればさっきの先輩の言葉だって、堂々と否定できるのだろうから——。

そして、その週の金曜日。

隆斗先輩の言葉が気になりながらも、先生にメールの一通すら送れなかった私は、仕事帰りに先生のマンションを訪ねていた。

「すみません……。これを、堂浦さんにお渡しいただきたいんですが」

先生には連絡をしていない。きっと勤務があるだろうと思ったから。余計な気を使わせたくなかったし、私が勝手にやりたかったことだから、わざわざ時間を作ってもらうのは申し訳なかった。

紙袋をコンシェルジュの男性に渡すと、彼は愛想のいい笑顔を見せた。

「かしこまりました。堂浦様には、小松様からのお預かり物だと申し伝えます」

「よろしくお願いします」

予想通り先生は留守で、紙袋を預けるとマンションをあとにした。

今夜持ってきたのは手作りのショコラケーキ。一緒に、ドライフルーツも入れてある。

先生に、私の作るお菓子はおいしいと言ってもらえたから、どうしても渡したかった。きっと毎日忙しいのだろうから。せめて、甘いものを食べて癒されてもらいたい。

先生の口に合うといいのだけど……。

その夜、どこか期待していた部分があったのか、先生から連絡がなくて少し落ち込んでしまった。

もしかしたら、当直や急患で帰れないのかもしれないし、明日以降メールくらいはもらえるかも……。

でも、そんな考えは、自分にとって都合がいいだけだったと思い知らされてしまった。

ケーキを預けてから三日経っても、先生からは、まったく連絡がこなかった。

だからといって、不満をこぼしたら医師の恋人にはなれないよね。綾子から聞いた話は、やっぱり本当のことだと思う。

構ってもらえないからって、その切なさや寂しさは彼に伝えられないから……。

自立していなくちゃ……。


「どうしたの、小松さん？　今日は元気がないのね」

高野さんに言われ、私は我に返って笑みを作る。

打ち合わせの途中だったのに、先生のことばかり考えていた。

「すみません。ちょっとボーッとしちゃってました。新商品の反応は、どうですか？」

ソンシリティ病院へ来ると、無意識に先生のことを思い出してしまう。

きっと今も、先生は外科病棟にいるはず。こんなに近くにいるのに、一日でも顔を見ることができないなんて。切ない気持ちって、こういうことを言うんだな……。

「最近は、内科の堂浦先生も、周りの方に紹介してくださって」

「隆斗先生がですか？　それは、とても嬉しいです」

先輩も、力になろうとしてくれているんだ。先々週会ったときには、堂浦先生のことで忠告されて気落ちした部分もあっただけに嬉しい。

あのときの先輩の言葉は、そんなに気にしなくていいのかな……。

「珍しいですよ。堂浦先生……隆斗先生のほうは、あまり周りのスタッフとコミュニケーションを取りたがらないので」

「えっ？　そうなんですか？」

高野さんの言葉が、素直に信じられない。

私が知っている隆斗先輩は、社交的で面倒見のいい〝お兄さん〟のような人なのに。

怪訝な顔をする私に、高野さんは声を潜めた。

「小松さんがご存じの頃はどうだったかは知りませんが、今の隆斗先生は、一匹狼タイプの心を開かない先生なんです」

「隆斗先生が……？」

だから、お兄さんである堂浦先生とも、ぎくしゃくした雰囲気があるの？

でも、なぜ……？

「柊也先生と、比べられることが多いからかもしれませんが。噂では、将来を期待されて活躍する柊也先生とは違って、隆斗先生は成り行きで医者になったとか……」

「そんな……。学生の頃と、ずいぶん印象が違います……」

成り行きというと、まるで医師になったのが不本意みたいに聞こえる。

だけど、たしかに高校生の頃に、先輩から家族の話を聞いたことがなかった。だから、先輩が大病院の息子さんだとは、当時まったく知らなかったのだけれど……。

「医者一家に生まれたから、自分も医師になった……。そんな感じですよ。ただ、技術は一流だし、患者さんにも優しいですから、外からの評判はいいです」

「外からの……ということは、身内では違うということですか？」

聞かずにはいられなくて質問をすると、高野さんは答えてくれた。

「スタッフとは、壁を作る先生ですから。それに、柊也先生と病院の経営方針に違いがあるみたいで、それも隆斗先生の評判を落とす一因になっているみたいです」

高野さんが言うには、総合サポート的な病院を目指したい堂浦先生とは反対に、隆斗先生はあくまで疾患を治療することに重きを置きたいらしい。それには先輩なりの理由があり、医師の人数が充分ではないこと、心理的なサポートはより専門家に頼むべきだということだった。

「でも堂浦先生は、深く心理面をサポートしたいというより、患者さんの気持ちに寄り添いたいということじゃないでしょうか？」

きっと私に活を入れてくれたように、患者さんのうまく言葉にできない気持ちを汲《く》み取ってあげたい、そういうことじゃないかと思うけど……。

思わず先生をフォローしてしまったけれど、高野さんには怪しまれていなくて安心した。

「その線引きが難しいと、隆斗先生は思われているんでしょうね。どちらも素敵な先生ですけど、スタッフの評判で言うなら、柊也先生のほうが高いんですよ」

そうなんだ……。

先生が高評価なのは私も嬉しいけれど、先輩が誤解されているようで胸が痛む。

それとも、十代の頃の先輩とは変わってしまったのかな……。先生のことを、特殊な環境で過ごしたと言っていたくらいだし、兄弟の間に壁があるのかもしれない。

その後、高野さんとの打ち合わせを終えた私は売店をあとにする。

先輩の話を聞いたせいか、心に引っかかりを感じながら裏玄関に向かって歩いていると、ふいに後ろから優しく肩を叩かれた。

振り向くと、そこには堂浦先生が立っている。思わず声をあげそうになりながら、努めて冷静に言った。

「先生……。お疲れ様です」

久しぶりに会えて、とても嬉しくなる。ドキドキと高鳴る胸が、やっぱり連絡がなかった時間は寂しかったのだと教えてくれた。

「お疲れ。今、少しだけ大丈夫？」

「はい、大丈夫です」

院内で、私に声をかけても大丈夫なのかな……。

「今週の日曜、会えないか？」

「え……？」

こんな人目につく場所で大胆に誘われて、かなり戸惑う。

ずっと、連絡を取り合っていなかったのに……。

「先生、誰に聞かれるかも分かりませんから……」

先生に、迷惑がかかることだけは避けたい。その思いで返事を渋っていると、先生は私の手首を掴んで、近くにある処置室へ連れて入った。

そこは、簡易的なベッドが置かれているだけの小さな部屋。

先生は鍵を閉めると、私を抱きしめた。

先生の愛を感じます

「せ、先生……。ダメです。ここは病院ですから」

慌てて彼の体を押し返そうとすると、さらに強く抱きしめられた。

「分かってる。これ以上、なにもしない。だから、もう少しだけ……」

「先生……」

私も、抱きしめ返したい。だって、ずっと会いたかったのだから。声だって聞きたかった。だけど、ここで私が応えるのをためらうほどに、病院が神聖な場所に感じる。

自分の気持ちを抑えながら、手はまっすぐに下ろしていた。

「久美に、渡したいものがあるんだ。それに、きみにゆっくりと会いたい」

耳元で囁《ささや》かれるように言われ、小さく頷いた。こんなふうに強引にされても、私の胸はときめいている。

「はい、日曜日は大丈夫です。私も、先生に会いたいので」

先生も、会いたいと思ってくれていたんだよね……。

想いが同じだと分かれば、気持ちが満たされる。すれ違ってばかりだけど、先生との恋を頑張ろうと思えるから……。

「よかった。高野さんから、今日きみが訪問すると聞いて、時間を見計らってここへ来たんだ。入れ違いにならなくて、安心したよ」

「私に会うために……？」

偶然、私を見かけたのかと思ったけれど、そうじゃなかった……。

彼の想いに、胸が熱くなってくる。

先生を抱きしめ返さない——そう決めていたのに心が揺らぎそう。愛おしい気持ちが込み上げてきて、先生の背中に手を回しかける。

そのとき、先生の携帯が鳴り、彼はサッと私の体を離して電話に出た。

「はい。ああ、分かった。すぐに行く」

もしかして、急患が入った？　それとも、なにかアクシデント？

私まで緊張が走り、気がついたら先生に向かって言っていた。

「早く行ってください」

すると先生は、真剣な表情のまま頷いてドアの鍵を開ける。

「また連絡する」

そう言い残し、足早に出ていった。

私もすぐに部屋を出て病院をあとにする。

先生に会えたこと、そして抱きしめられたことに驚いて、まだ鼓動は速いまま。

まさか、先生とふたりきりで話せるとは思っていなかった。そのうえ、日曜日に誘われるなんて……。

ただひとつ気がかりなのは、先生がどこか追い詰められているように見えたこと。

ほんの数分話しただけだから、そう感じたのかもしれないけれど、気のせいだったらいいな。

仕事が大変なのは、間違いないのだろうけれど……。


その夜、先生からメールがきていた。日曜日は、十九時頃迎えに来てくれるという。

私にとっては休日でも、先生は一日中勤務。そんな多忙な中で、わざわざ迎えに来てもらうわけにはいかない。

私から、先生のマンションに出向くということで、なんとか納得してもらえた。

日曜日は、クッキーを焼こうかな。以前、コンシェルジュに渡したケーキの話をそれとなくしたいから。

でも、本当は迷惑ということはない……かな？

ケーキのことは、結局先生からなにも触れられていない。もし飽き飽きして、食べたくないと思われていたらどうしよう。

そういう不安もあるけれど、やっぱりクッキーは作ることにした。直接渡せば先生の反応が分かるし、迷惑そうなら次からやめよう。


そして日曜日。手作りのクッキーをラッピングして紙袋に入れると、先生のマンションへ向かった。

《すまない。まだ帰れそうにないんだ。部屋に上がっててくれないか?》

マンションに着いたタイミングで先生に電話を入れると、そう言われてしまった。

そもそも、合鍵を持っていないのにどうやって?と疑問が湧いた瞬間に、先生はコンシェルジュに鍵を渡してあると続けた。

「鍵を受け取って、入れってことよね……。緊張するな……」

エントランスに入るのをためらってしまい、うろうろと行ったり来たりしてばかり。

他の人には、きっと怪しく映るだろうから、早く入らなければ……。

心の中で呟いて、自動ドアをくぐった。すると、さっそくコンシェルジュの男性と目が合い、愛想のいい笑みを向けられた。

「お帰りなさいませ、小松様」

「は、はい。こんばんは……」

以前ケーキを持ってきたときは、『お帰りなさいませ』なんて言われなかった。前回とは明らかに違う挨拶に戸惑ってしまう。

ゆっくりとコンシェルジュのカウンターまで行くと、彼は私にカードキーを差し出した。

「堂浦様が、必ずお渡しするようにと仰《おっしゃ》っておられましたので」

「そうだったんですね。ありがとうございます」

先生はきっと、勤務が押したときのことも考えて、鍵を預けてくれていたんだろうな。

カードキーを受け取った私は、エレベーターで最上階まで向かった。

「あれ？　なにこれ……」

玄関ドアに着くと、ドアノブにピンク色の袋が下がっていることに気づいた。

なんだろうとゆっくり持ち上げると、中にはフラワーアレンジメントが入っている。

パステルカラーの小花が咲き誇っていて綺麗だけれど、いかにも女性向きといった感じだ。花屋さんからの配達だとしたらコンシェルジュが預かるだろうし、誰かがここへ持ってきたんだ……。

言い知れない不安が込み上げてくる。

いったい誰から？

すると、カードが入っているのが見えた。いけないと思いつつ取り出すと、綺麗な文字で書かれていた。

【先日は、ありがとうございました。お会いできて嬉しかったです。今度のデートを楽しみにしています。恵《めぐみ》】

「デート？」

先生は恵さんという人と会っていたということよね？　それも、先日と書かれているくらいだから、ごく最近のこと……。

先生は忙しくて、私ともろくに連絡が取れないくらいなのに、その女性とは会っていた……？　でも先生が、そんなひどいことをする人とは思えない。

紙袋を持ち、鍵を開けて部屋に入る。リビングに向かうと、キラキラと輝くネオンが視界に飛び込んできた。

電気を点けるのがもったいないくらいに綺麗で、しばらくボーッと窓から見つめる。

もしかして、この景色を恵さんとも見た……？

そんなわけがない。

そう否定しても、心のどこかで先生を疑う自分がいた――。

「久美……？」

背後から先生の声がして、慌てて振り向く。

いつの間にか、先生が帰ってきていたみたい。電気も点けずに立ち尽くす私は、彼の目に不審に映ったに違いない。

笑みを作った私は、先生に努めて明るく言った。

「お帰りなさい、先生。あんまり夜景が綺麗だったので、見とれていました」

すると、先生はリビングの電気を点けながら微笑んだ。

「そうか。この間は、ゆっくり見る時間がなかったからな。あれ？　それは……？」

先生は視線を私の手に移す。

ひとつは私の作ったクッキーだけれど、もうひとつは……。

「あの、これは私の手作りクッキーです。それと、こちらは玄関ドアに掛かっていたんです。お花みたいなんですが……」

カードを読んでしまったとは言えない。勝手に見たことを軽蔑されたくなかったし、それに恵さんという人が、先生にとってどういう存在の人なのか、確認する勇気もなかったから……。

「ありがとう。花はこっちに置いておくよ」

先生は花の袋を先に受け取り、それをカウンターテーブルに置いた。ちらりと中を覗《のぞ》き、カードにも気づいているみたい。でも、それを袋の中から出すことはなく、表情ひとつ変えずに目を通しただけだった。

そして、花も袋に入れたまま、もう一度私のそばに来た。花のことは、気にも留めないふうに……。

「クッキーありがとう。それと、先日のケーキも。わざわざ、ここへ持ってきてくれたんだな」

「いえ……」

こうやって、お花を持ってきてくれる人もいるくらいだから、私のケーキなんて霞《かす》んでしまうかも。

恵さんは、先生にとって大切な人なの？　いつ会っていたの？　そして、また会うの……？

聞きたいことはたくさんあるのに、なにも尋ねられない自分が嫌になる。

隆斗先輩から言われた、病院の理想のためなら、先生は私を裏切るという言葉が頭をよぎる。

まさか、本当に……？　ううん、きっとそんなはずはない。

自分に言い聞かせても、どこか疑ってしまっていた。

「本当に嬉しかった。早く連絡してお礼を言うべきだったけれど、どうしても直接言いたくてね」

「先生……。そうだったんですね。お口に合いましたか？」

そう言ってもらえて、私だって嬉しい。だけど、心から喜べないのは、〝恵さん〟が引っかかっているから。

「もちろんだ。それでね、今夜はお礼を渡したかったんだ」

「お礼……ですか？」

それは今、言葉で直接もらったのに。まだなにかあるの？

不思議に思っていると、先生はリビングの壁際にあるチェストのほうへ歩き始めた。途中、クッキーをリビングテーブルにそっと置いた先生は、私にソファに座って待っているよう言う。

ますますどういうことか分からないまま、私は彼の言う通りにした。

先生がチェストからなにかを取り出し、私の隣に座る。そして、小さな箱を私に見せた。

「久美と付き合い始めてから、今まで知らなかった自分の一面に気づいたんだ」

「え？　知らない一面……？」

「そう。独占欲。俺は恋人を、こんなに独占したいと思ったことはなかった」

そう言った先生は、小箱をそっと開ける。するとそこには、輝くダイヤの指輪が入っていた。

「先生、これ……」

彼の言葉にも、指輪にも、どちらにもドキドキする。胸が熱くなるのを感じながら、先生を見つめた。

「きみに毎日感じてほしいんだ。俺のことを……」

優しく私の左手を取った先生は、薬指にするりと指輪をはめた。

ダイヤの埋め込み部分が花の形になっていて、とてもかわいらしい。ライトに反射して、キラキラと輝いていた。

「これを、私に……。言葉にならないくらい、嬉しいです」

いつ買ってくれたんだろう……。

忙しいはずなのに、私のためにこんな高価な指輪を贈ってくれた彼の想いに胸が熱くなる。

恵さんのことは、きっと深い意味はないのよね。デートなんて言葉もあったけれど、特別な意味ではないのかもしれない。

今、私の目の前にいる先生は、本気で私を想ってくれているのが分かるから。

「サイズが合ってよかった。きみを俺のものだと、見せつけたくてね。この指輪、つけてくれるだろう？」

「もちろんです。でも、誰かに聞かれたら、どう答えていいのか……」

シンプルなデザインだから、仕事中でもつけていられそう。だけど、左手薬指に指輪は目立つと思う……。

「俺と付き合っていると話せばいいんじゃないか。それとも、久美の仕事に支障をきたしてしまう？」

「えっ!?　いいんですか？　私のほうは大丈夫ですけど、先生のご迷惑にならないでしょうか」

「迷惑？　なんで？」

怪訝な顔を向ける先生に、私は困惑した表情を見せる。

「だって、先生はソンシリティ病院の次期院長候補です。私と付き合っていることが、マイナスイメージになったら……」

周りの人にはどう思われるだろう。不釣り合いだと、私が言われるのは構わない。だけど、病院内で先生のよくない噂が流れたら……？　それで、仕事に支障をきたしたらどうするの？　ネガティブな考えばかりが頭を巡る。

すると、先生はフッと小さく微笑んだ。

「次期院長候補だと、恋をしてはいけないか？」

「いえ、そうじゃないですけど……。でも、私の存在が、先生の足手まといにならないかって心配で」

「俺は、こんなにきみが好きなのに？　きみのことを、恋人だと堂々と言ってはいけないか？」

優しく肩を抱かれて、顔を近づけられる。

ドキドキしながら小さく首を横に振ると、そっと唇を塞がれた。

私の唇を軽く吸うようにキスをした先生は、一度離すと再びキスをした。

「ん……。せ、先生……」

今度は濃厚な口づけに、頭がクラクラしてくる。呼吸が乱れる私の首筋に、彼の唇が移動してきた。

「久美との交際を、オープンにしたいんだ。いいだろう？　きみを、俺だけのものだと言いたい」

先生が、こんなに独占欲の強い人だなんて意外……。いつだって、冷静で落ち着いた雰囲気の人なのに。

でも、嫌じゃない。むしろ、嬉しいくらい……。

「はい……。私も、先生とお付き合いしていることを話します……」

といっても、聞かれれば……だけど。自分から話すのは、さすがに恥ずかしい。

「よかった。久美……会いたかったよ。きみに会えない時間を、これほど長く感じるとは思わなかった」

「先生……。私も、会いたかったです。連絡をしてもいいのか、どうしても分からなくて」

自然と先生の背中に手を回し、彼をそっと抱きしめる。先生の温もりを感じていると、離れたくないと思ってしまった。

「そうだな。久美は、俺に気を使いすぎだ。きみが思うより、俺はきみに会いたいと思ってる」

そう言った先生は、ギュッと強く私を抱きしめたあと体を離した。

「先生？」

もう少し、抱きしめていてほしかったのに……。

先生は立ち上がると、私の手を優しく取り、指輪を出してきたチェストのほうへ向かった。彼に手を引かれるようについていきながら、独り占めしたいと思っているのは先生だけじゃない、私も同じだと感じていた……。

「これも渡しておく。これがあれば、いつでも会えるだろう？」

「え？　これは……。先生の部屋の……」

「鍵だよ。これで、久美はいつでもここへ来れる」

カードキーを渡され、まじまじと見つめていると、ふいに抱きかかえられた。

「せ、先生ってば」

いきなり抱き上げられて、驚きとともにドキドキする。戸惑う私に、先生は優しく微笑んだ。

「きみに、もっと触れたい。そろそろ、ベッドに連れていくから」

「はい……」

先生は私から鍵を取ると、リビングテーブルのそばにあった私のバッグの上へ置いた。そしてそのまま寝室へ私を連れていき、ベッドへ下ろすと唇を塞ぐ。

「ふ……。ん……」

力強くて、どこか激しいキスを受けながら、体中が熱くなってくる。

彼の手が服の中へ伸びてきて、下着のホックが外された。

「久美……」

「せ、せんせ……い」

思わず身をよじるほどに、彼の愛撫《あいぶ》に反応してしまう。理性が飛びそうになる中で、ふいに自分の左手が目に入った。

薬指には、さっき先生からもらった指輪が光っている。こんな幸せが待っているなんて、少し前の私には想像もできなかった。

今でも、先生と恋人同士になっているのが信じられないくらいだけど……。

失いたくないな……。この幸せを。先生を、失いたくない――。


「んん……」

ふと目が覚めると、横には先生の穏やかな寝顔がある。

どうやら、眠っていたみたい。先生と体を重ね合わせてから、お互いを抱きしめて、少し会話をしたところまでは覚えているんだけど……。

今は何時だろう。

頭を起こし、サイドテーブルに置いてある時計に目をやると、深夜零時だと分かり、そっと体を起こした。

いけない、明日は仕事なのだから、帰らなくちゃ。

隣では、先生が気持ちよさそうに眠っている。まつ毛が長いんだなとか、肌がきめ細かいんだなとか、改めて気づけて嬉しくなる。

本当は、もっと先生の寝顔を眺めていたいけれど、明日のことを考えたらゆっくりしていられない。

先生を起こすのは申し訳ないから、気づかれないように静かにベッドを降りた。

服を着て髪を直し、そっと寝室を出る。近くでタクシーを拾って帰ろう。

リビングに置いたままのバッグを取りに行くと、カウンターテーブルにあるお花の袋が目についた。恵さんという女性からのものだ。

彼女のことは引っかかるけど、かといって先生に聞く勇気もない私は、その贈り物のことは気にしないようにしてマンションをあとにした。

タクシーにはすぐに乗れて、一時過ぎには自宅へ着いた。

シャワーを浴びてベッドへ入ったけれど、さっきまで先生がそばにいてくれたせいか、ひとりがとても寂しく感じる。

「私って、ホント子供みたい……」

入院中は、不本意な出来事だったからとはいえ、先生に八つ当たりをした。お付き合いを始める前も、そして始めてからも、空回りをしたり、勘違いをしたり……。

全然大人の女性じゃない私を、先生は受け止めてくれる。どうしてなんだろう。不思議……。

先生の優しさに甘えるだけじゃなく、もう少し成長したいな――。


「よし！　準備ばっちり」

翌朝、普段より早めに起きた私は、出勤の支度を早々に済ませた。

昨夜は頭が冴えてしまってあまり寝つけなかったけれど、体のだるさはない。

むしろ、前向きに頑張ろうと思えるのは、きっと先生からもらった指輪のお陰。

ドレッサーに座って、左手を上にかざしてみる。薬指に輝く指輪を眺めながら、表情を緩ませていたとき電話が鳴った。

朝から誰だろうとディスプレイを確認すると先生からで、急いで電話に出る。

「先生、おはようございます」

ドキドキするな……。朝から先生の声が聞けるなんて、とても嬉しい。

《おはよう、久美……》

でも、心を弾ませる私とは違い、先生の声はどこか覇気《はき》がない。落ち込んでいる、とでもいうのか……。

「先生？　どうかされたんですか？　あまり元気がないみたいですけど……」

心配になり聞いてみると、すぐに先生が答えてくれた。

《ごめん。俺、すっかり眠っていたんだな》

「えっ？」

《目が覚めたら朝で、きみの姿が見えずに焦った。夜中にひとりで帰らせてしまって……》

それで落ち込んでいたの……？

置き手紙を書いておくか、メールでも送っていればよかったと反省する。

と同時に、先生の優しさに心がほんわかと温かくなった。

「それは気にしないでください。私は、先生を起こしたくなかったんです」

《だが……》
「先生、私は先生が夜中でも起きて自宅まで送ってくださると、気軽に行くことができませんから」
彼の支えになりたい。それに、負担だけにはなりたくない。
その一心で、先生を説得するように言う。
すると、ようやく先生の声が、ホッとした雰囲気に変わった。
《ありがとう。久美には、いつも元気をもらっているよ。今から出勤？》
「はい。先生もですか？」
《ああ。今から出勤だ。お互い、頑張ろうな》
彼のその言葉が、私を元気にする。先生こそ、私の頑張ろうと思える心の源……。
「はい！　先生、どうかお体だけは気をつけてください」
《ありがとう。きみの気遣いを忘れないようにする。じゃあまた……。俺のマンションにも、遠慮なく来て》
先生はそう言い残し、電話を切った。
合鍵も、バッグに大事にしまってある。使う機会があるのかなと心配でもあったけれど、『遠慮なく来て』と言われたのは嬉しい。

さすがに気軽には行けないけど、いつかは訪ねてみよう。そのときは、またなにか作って……。

先生と朝から会話ができたから、気持ちはますます明るくなる。

今日も頑張ろう。先生も頑張っているのだから。

会えない時間も心は繋がって、お互いの気持ちはぶれないと、そう信じてる。

恵さんのことも、今度聞いてみよう。

先生でもヤキモチ焼くんですか？


堂浦先生と付き合っていることは、すぐに杉山課長にも知られることとなった。

それは左手の薬指の指輪のことを聞かれたからで、課長の反応を不安に思いながらも、正直に先生とのことを話した。

入院中の主治医と交際していることをどう思われるか、心配でいっぱいだったけれど、課長は驚きながらも、『つらい経験もいい方向に変わるなら結果オーライだ』と笑顔で言ってくれた。

ホッとしながら、普段と変わらず業務に就く。

同じ一課の人たちからも、予想通り指輪のことを聞かれ、そのたびに堂浦先生とお付き合いをしていると事実を説明する。もちろん、みんなに驚かれたけれど、隠しごとは罪悪感を覚えるから、正直に話しておきたかった。

「あっ、ごめんね。水が散っちゃった？」

昼休憩、会社の化粧室でメイク直しをしていると、他課の女子社員がこれみよがしに濡れた手を振っている。

彼女は綾子と同じ三課の上田《うえだ》さんだ。私より、二歳先輩の営業ウーマンだった。

今のは絶対にわざと……。でも、ここで彼女に文句を言ってもシラを切られるだけだろうし、気にしないふりをしよう。

「いえ、大丈夫です」

不快な思いはもちろんある。でも、相手の挑発なんかに乗っちゃダメだよって、指輪の向こうの先生に言われているみたい。

きっと先生なら、些細《ささい》な嫌がらせなんて取り合わないだろうし……。

「ふうん。余裕ね。さすが、エリート外科医が恋人だと、貫禄《かんろく》も出るんだ？」

やっぱり、それか……。

先生との交際を話したのは、自慢をしたかったからじゃない。突然事故に遭って入院をしたことで周りには迷惑をかけたし、復帰後も心配してくれる人がたくさんいた。だから、これからも頑張るという決意表明のような気持ちで報告したのに。

「そういうのじゃないです。本当に大丈夫なので……」

少し濡れた袖口は、忘れた頃には乾いているだろう。

その程度だからと気にせずメイク直しを続けると、上田さんは化粧室を出る間際、私に丸めたティッシュを投げつけた。

「目障りなのよ。さっさと辞めれば？」

彼女のヒール音が遠くになったとき、綾子が入ってきた。

「久美、気にしちゃダメよ」

小さな笑みを浮かべた綾子は、落ちているティッシュを拾って、ゴミ箱に捨てた。

「綾子……。ありがとう。自分ではよかれと思っても、不快に感じる人もいるよね」

「久美の場合、相手が相手だから。堂浦先生って、本当に有名な人みたいね。私も、びっくりしたもん」

そう言いながら、彼女は私の隣に立った。ポーチから、メイク道具を取り出している。

「本当にごめんね。まさか、こんなに噂が広まるなんて予想もしてなくて……」

「気にしない、気にしない。それより、病院のほうは大丈夫？　仕事がやりにくくなってない？」

「うん。大丈夫だと思う……」

と答えたものの、先生との交際をオープンにすることにしてから、まだソンシリティ病院へは行っていない。たまたまアポが少し先になっているからだけど、病院では知っている人はどれくらいいるのだろう。どんなふうに受け止められるかな……。

綾子にもう一度お礼を言うと、オフィスに戻った。

【久美ちゃん、久しぶり。仕事が終わったら連絡くれる？】

終業時、スマホに隆斗先輩からメールがきていてびっくりする。

以前連絡先の交換をしていたけれど、実際に連絡があったのは今夜が初めてだった。

なにかあったのかな……。

会社のビルを出たところで先輩に電話をかけてみると、数コールで先輩が出た。

《久美ちゃん、お疲れ様。電話ありがとう。まだ電車に乗ってない？》

「先輩、お疲れ様です。はい。まだビルを出たところです……」

先輩の口調は明るいけれど、どこか話し方に強引さがあって警戒しそうになる。

高校時代の先輩はこんな人じゃなかったはずなのに。もっと気さくで、自然体な……。

《それならよかった。今、マニフィキホテルにいるんだ。そこへ来てくれないか？》

「え？　で、でも……」

マニフィキホテルは、ここから歩いて十分程度の場所にある、大きな高級ホテルだ。

著名人が利用することで有名で、結婚式も行われる。

高級なレストランも揃っている場所だけれど、先輩はどうしてそこにいるのだろう。

《一緒に夕飯はどう？　話したいことがあってさ》

「話したいことですか？」

含みのある言い方で、ますます警戒してしまう……。

断ろうかなと考えていたとき、先輩が続けた。

《兄貴のことで話したいんだ。久美ちゃん、兄貴と付き合ってるんだろう？》

「は、はい……」

やっぱり先輩には気づかれていたんだ……。以前も、先輩は先生との交際をよく言っていなかったものね。今回も、なにか言われるのかな……。

怖い気持ちもあるけど、先生のことだと言われれば断れない。

先輩とは、ホテルのロビーで待ち合わせをすることにして電話を切った。


平日でもホテルは賑わっていて、外国人観光客の姿もある。和食や洋食、それに中華などレストランの種類も充実しているからか、接待らしきビジネスマンも数組見かけた。

ロビーの中央にある噴水の近くにいた隆斗先輩は、私を見つけるとゆっくりこちらに歩いてきた。

「久美ちゃん、突然ごめん。今夜くらいしか、しばらく時間が取れる夜がなくてさ」

先輩はスーツ姿だ。

「いえ……。先輩、日中は勤務だったんですか？　スーツ姿って、珍しいですね」

「実は今日、学会があったんだ。兄貴も一緒だったよ」

そう言った先輩の視線は、私の左手に向いている。指輪を見られているのだと分かって、思わず手を後ろにやって隠すようにしてしまった。

「そうだったんですね。そんなお忙しいのに、私にお話ってなにかあったんですか？」

緊張する……。

先輩と会うのに、こんな居心地の悪さを感じるのは初めてかもしれない。

「食事でもしながら、ゆっくりと話すよ。ここの最上階にね、鉄板焼の店があるんだ。行こう」

「えっ⁉」

ここの最上階ってたしか、有名シェフの鉄板焼の店があるのよね？　国内の最高級肉を使ったステーキが名物で、芸能人も多く通うという……。

「どうしたんだ、久美ちゃん。行こう」

エレベーターに向かって歩き出した先輩は、立ち尽くす私に振り返り、怪訝な顔を向けた。

「すみません、先輩。私には高級すぎて……。普通のお店ではダメですか？」

「それは、値段が高いからってこと？　今夜は俺がご馳走するし、お勧めの店だから久美ちゃんを誘ってるんだ。遠慮しなくていいよ」

笑みを浮かべた先輩は、私のそばに戻ってきて手を取った。堂浦先生の温かい手とは違い、隆斗先輩の手は冷たい。

「ですが……」

「遠慮するなんて、水くさいじゃないか。学生の頃からの知り合いなんだし、気さくに接してほしい」

そう言われてしまい、それ以上強く反論することができなかった。

たしかに、高校生の頃は、慕っていた先輩だったけれど……。

半ば強引に引っ張られ、エレベーターに乗る。数人、同じエレベーターに乗る人がいて、私と先輩は黙っていた。

その間に、さりげなく先輩の手をほどく。先輩も、それ以上触れることもなく、まっすぐ前を見据えていた。

ほどなくしてエレベーターは最上階に着き、先輩の一歩後ろを歩きながら店へ向かう。予約制の文字が見えて、先輩に声をかけていた。

「予約が必要みたいですよ？」

「大丈夫、予約してあるから」

涼しげな顔で言った先輩は、私の背を軽く押して店へ促した。

私と約束をしていたわけでもないのに、予約をしていたということ？　どうしてそこまで……？　なにか不自然な感じがする。どうしよう……。このまま、先輩と食事をしてもいいのかな。

迷いが生じ始めたとき、背後から声がした。

「隆斗先生？」

思わず振り向くと、そこには堂浦先生と、他に六人の男性がいる。みんな、三十代くらいでスーツ姿だ。

先生がいて驚いた私は、ただ唖然《あぜん》としてしまった。でも先生は、表情ひとつ変えていない。

「あ、杉内《すぎうち》先生。お会いしましたね」

どうやら、堂浦先生と一緒にいる人たちも医師らしい。さっき先輩は、先生と学会が一緒だったと言っていたっけ。その帰りにここへ寄ったということなのかな……。先生に会えるなんて、こんな偶然は嬉しいはずなのに、隆斗先輩と一緒でかなり気まずい。

「そうですよ。隆斗先生のほうが早かったですね」

杉内さんという先生は、私にちらりと目を向けると、堂浦先生に言った。

「お邪魔ですから、少し入店の間を空けましょうか」

笑顔の杉内先生に、先輩は「ありがとうございます」と言い、チラリと堂浦先生に目を向けた。

先生は、さっきまでの涼しげな表情から、少し眉間に皺を寄せる顔に変わっている。明らかに、不快に思っている……。

罪悪感でいっぱいの私を、先輩は促しながら店内へ入った。

店の中は柔らかな明かりに包まれていて、テーブル席が十数席ほどある。

私たちは、奥の個室へ案内された。先輩はこの店の常連で、かなりVIP待遇をされているみたい。先輩と店員さんの会話から、どうやら堂浦先生たちは隣の個室へ案内されているらしいことが分かる。

夜景が見渡せる個室は、完全なプライベート空間で、テーブルの他にソファも置かれている。

テーブル席に先輩と向かい合って座った私は、彼を睨んで言った。

「先輩、先生方と鉢合わせすると分かって、ここへ私を誘ったんですか？」

杉内先生の言葉からそう悟った私は、先輩に問い詰めるように聞く。

すると、先輩は微笑んだまま答えた。

「怒ることないだろ？　別にやましいことはないんだから」

「そうですけど。でも……」

先輩とふたりきりで食事に来ているのだから、先生に誤解されるかもしれない。

そう考えたらいたたまれなくて、不安が胸に広がっていた。

「久美ちゃんが、そこまで気にする必要ないんだよ。兄貴だって、なにしてるか分からないじゃないか」

「え？」

それを言われて、ふいに〝恵さん〟のことが頭に浮かぶ。彼女のことをなにも確認しないまま、曖昧《あいまい》にしていた。

もしかして、先輩は恵さんのことを知っている……？　そのことを話そうとしてくれているの？

緊張でいっぱいになっている私に、先輩はすっとメニューを渡した。

「食べようよ。ここの肉、おいしいんだ」

「先輩……。お話を聞かせてくれませんか？」

いくらおいしくても、このままじゃ食べる気にはなれない。

あえて今夜、私をこのお店に誘ったのは、先生と鉢合わせさせるためだったから？

そんな疑念を持ったら、今先輩と過ごす時間がとても心地悪い。

静かに言った私に、先輩はフッと笑った。

「意外と、せっかちなんだな。昔は、もっとおっとりした印象だったのに」

「……それを言うなら、先輩だって、変わったと思います」

どこか挑発的な先輩の口ぶりは、高校生のときにはなかったものだ。

構える私とは違い、先輩はとても落ち着いている。

「お互い、大人になったってことだよ。兄貴は、久美ちゃんのことを周りに話しているみたいだな。なにを考えているんだろう」

「先生が、そんなにおしゃべりな人には見えませんが」

先生と先輩の仲が、よくないことは間違いなさそう。まるで、先生が私との関係を吹聴《ふいちょう》しているかのような言い方。けれど、先生がそういうことをする人じゃないと分かっているから、聞き流すことなんてできなかった。

「たしかに、聞かれたら答えるって感じだな。でも、今まで恋人はいなかったんだから、院内ではそれはそれは大きく噂になってるよ」

先輩が言うには、先生は患者さんから恋人がいるのかを聞かれることが多く、それに対して交際している女性がいると答えているらしい。さすがに、私の名前までは出していないけれど、又聞きした職員の人から質問を受けるようだった。

「関係者には、久美ちゃんと交際してるって話してるみたいだね。まあ、病院に出入りしている人だから、隠さないほうがいいと思ったんだろうけど」

「私も、上司に報告をしました。いろいろ、迷惑をかけたこともあったので」

先生が、私の考えを無視して行動しているわけじゃない。それを強調したくて言うと、先輩にまた小さく笑われた。

「久美ちゃんは、それでもいいかもしれない。だけど、兄貴の場合は、自分の立場っていうものを分かっていないんだ。自分の恋人だと言ったことで、久美ちゃんが院内でどう見られるか、それを気にしてないんだろうな」

「先輩……。なにが仰りたいんですか？　私たちは、お付き合いをしていることを隠さないでいようと決めたんです。どんな目で見られても、私は構いません」

自分の思いをまっすぐ告げたつもりだったのに、先輩はただ微笑んだだけでそれ以上話を続けなかった。代わりにベルで店員さんを呼び出すと、料理を頼んでいる。

私ばかりが熱くなっちゃった……。先輩は、私になにを伝えたいんだろう。

「久美ちゃんってさ、兄貴のことをまだ〝先生〟って呼んでいるの？　それとも名前？」

「どうしてそんなことを聞くんですか？」

答えることに抵抗を感じたのは、まるで〝先生〟と呼んでいることをバカにしたような口調だったから。他人行儀に聞こえるかもしれないけれど、私たちの気持ちがしっかり通じ合っていれば、なんて呼び合っていようと問題ないと思っている。

「ちょっとふたりの距離感が知りたかっただけだよ。兄貴がどれほどの覚悟で、久美ちゃんと付き合ってるのかなって思って」

「それは、未来の院長候補……だからですか？」

それなら、先生より私にどれくらい、覚悟があるかが大事だと思うのだけど。

半分不思議に思いながら聞くと、先輩は頷いた。

「そう。だって、俺には兄貴は中途半端に映るんだよね。結局、理想ばかり追い求めてる」

「そんな……」

その言葉には、病院の経営方針の違いも含まれているんだろうな。

兄弟仲がよくないのは、それが原因なのかも……。

「中途半端だよ。病院に理想を求めるなら、それなりの覚悟も必要だ。だけど兄貴は、そこを分かってない。全部を手に入れようとしてる」

「先輩、それってどういう意味なんですか？　遠回しすぎて、私には分からなくて……」

そう尋ねたとき、ドアがノックされて店員さんが料理を運んできた。注文していたステーキ肉と野菜のスープで、香ばしい匂いが漂ってくる。

でも私は、まるで食欲が湧かないくらいに、先輩の言葉が気になっていた。

「久美ちゃん、矢吹《やぶき》病院って知ってる？」

「は、はい。知っています。循環器系が得意な総合病院ですよね？」

なんで突然、他の病院名が出てくるんだろう。それも、矢吹病院は以前営業に行って断られた場所。あまり、いいイメージはないけど……。

「その病院を覚えておくといいよ。きっと久美ちゃんにも、関係してくるから」

先輩はそう言ったあと、料理を口にして満足そうな顔をしている。

だけど私には、含みのあるその言い方が理解しきれず、悶々《もんもん》としてしまった。

「久美ちゃん、食べなよ。温かいうちがおいしいよ」

「……はい。いただきます。あの、先輩。お話って、そのことだったんですか?」

矢吹病院を覚えておけって、どういう意味なのかな……。堂浦先生が、その病院をモデルにしようとしているとか?

すると先輩は、口元は微笑みながらも、鋭い眼差《まなざ》しで答えた。

「いや。兄貴はやめとけ……それが言いたかったんだよ」

先輩が、どうしてここまでして、先生との交際を反対するのかが分からない。先輩にとって私は、そんなに先生にふさわしくないのかな。

少し落ち込みながら、食事を続けた。会話は全然なく、やっと食事を終えたところで、先輩に断り化粧室へ向かう。

先輩とふたりきりでいるのは落ち着かない……。早く帰らせてもらおう。

そんなことを考えながら、足取り重く廊下を歩いていると、ふいに背後から腕を掴まれた。

「久美……」

振り向くと、そこには堂浦先生が立っている。驚きと嬉しさと、気まずさが入り混じりながら彼を見つめた。

「先生……。どうしてここに？」

「電話がかかってきて、部屋を出ていたんだ。きみこそ、今夜はなんで隆斗といる？」

「あの……。それは……」

やっぱり、先生は怒っている……。

周りを気にするような小さな声だけれど、硬い口調でまったく笑みもない。

どう答えたらいいか困っていると、先生は私の腕を引っ張り、廊下の奥へ進んだ。

化粧室を通り過ぎ、先生がドアを開けて入った場所は、非常階段だった。外階段ではないため、電気が点いていて明るい。

踊り場で先生は、私の顎を引き上げた。

「隆斗に誘われた？」

強引なはずなのに先生の行動に、ドキドキしてしまう。ふたりきりになるのを先生が望んでいる……それが分かったから。

「はい……。お話があるからと……」

「あいつが、久美に？　で、なんの話だった？」

それは、本当のことを言うべきなのかな。先生の話だったし、それもお付き合いを反対しているものなのに……。

返答に迷っていると、先生は私に顔を近づけてきた。彼の吐息もかかるほどで、どんどん胸が高鳴ってくる。

「言わないのか？　それとも、言えない？」

「それは……」

どちらでもあるかも……。話しても話さなくても、先生に心配をかけるのは一緒なんだろうな。それなら、どっちがいいんだろう。

悩んで言葉が続かないでいると、先生は鋭い目で私を見据えた。そして次の瞬間、唇を重ねた。

「せ、先生……。こんな場所で……」

「黙って」

先生は、私の言葉を塞ぐかのように、濃厚なキスをしてくる。舌を絡めて、強く抱きしめてきた。

「んん……。先生……」

いくら人気《ひとけ》のない場所といっても、ここは非常階段。誰も来ないとは限らないのに。

呼吸が乱れるほどのキスをされ、私の唇は濡れていく。

「きみが、話さないからだろう？　隆斗から、なにを言われた？」

唇を少し離した先生は、私にもう一度それを聞く。

動けば唇が当たりそうなくらいに近くて、ドキドキが止まらない――。

「いろいろです……。先生と隆斗先輩は、あまり仲がよくないんですか？」

そう言うと、先生はさらに首筋を吸うようにキスをしてくる。

思わず声が漏れそうになり、両手で口を覆った。

「先生ってば……。やめてください」

ここまで大胆なことをされるとは、思っていなかった。

「久美が、曖昧に答えるからだ。俺が、嫉妬しないとでも思ったか？」

「え……？」

先生は私の両頬を包み込むように触れ、見つめている。

「隆斗とふたりきりになられて、おもしろいわけないだろう」

そう言った先生は、また唇を塞いだ。

先生が、こんなにヤキモチを焼くなんて、とても意外。

でも、嬉しいかもしれない……。

先生に捕まっちゃいました

何度もキスを交わしたあと、唇を離した先生は、ようやく笑みを見せてくれた。

機嫌を直してくれたのかな……。

濃厚なキスの連続に、うつろになりながら先生を見つめていると、彼は私と額をくっつけて言った。

「きみは、目を離すと危険だな。ずっと、俺のそばにいてほしいくらいだ」

「それは私だって……。できることなら、先生ともっとたくさんいたいです」

先生といると、想いが溢れてくる。言ってもいいのか迷ってばかりだったけど……。

でも、今こうやって素直に口に出せるのは、先生がこんなにもストレートに気持ちを伝えてくれるから。

「本当?　それなら、そうしようか」

「え?　どういう意味ですか?」

一瞬、呆然とした私に彼は軽く唇を重ねた。

「俺のマンションに、来ないかってこと」

「せ、先生のマンションにですか？　それは、同棲ということ……？」

とても驚いてしまい、思わず先生から離れた。それまでの甘い雰囲気が吹き飛び、我に返る。

「そうだな、そういうことになるか。俺たち、すれ違いが多いだろう？　それなら、一緒に暮らせば少しでも埋められる」

「先生、本気ですか？」

ドキンと胸が高鳴る。冗談かもしれないのに、まともに受け取っちゃいけない。

すると、先生は小さく頷いた。

「本気だよ。今夜から……と言いたいけど、それはさすがに無理か。それなら、明日からはどうかな？」

「そ、そんなに急にですか⁉」

先生って、結構強引なんだな……。

意外に感じるけれど、私の知らない一面が見えたようで嬉しい。

「ああ、きみと離れているのは心配だから。そろそろ、戻らないといけないな」

腕時計で時間を確認した先生は、私の返事を聞くことなくドアを開けた。

「先生、私まだお返事をしていませんが……」

半ば強引に非常階段を出された私は、先生におずおずと言った。

「OKだと思ってるんだけど。違う？」

小さく微笑む先生は、余裕たっぷり。『そうだろ？』と言わんばかりに、私を見ている。

そんな先生に、私は顔が赤くなるのを感じながら小さく頷いた。

「いえ……。先生の言う通りです」

私が断るわけがないと、先生は確信を持っているんだ。その上で、一緒に住もうと提案してきた……。

先生には、私の気持ちはお見通しみたい。私だって、そばにいたいもの——。


「遅かったね、久美ちゃん。もしかして、兄貴に会った？」

部屋へ戻ると、先輩がそう言ってきた。口元は微笑んでいるけれど、目は笑っていない。

気まずさを感じながら席に着く。

「すみません。化粧室が混んでいたもので……」

言い訳が通用するか分からないけれど、本当のことは言いづらくてごまかしてしまった。

「そっか。てっきり、兄貴に会ったのかと思った」

もし、先生に会っていたと話せば、先輩はなんて言うのだろう。そう考えるのも苦痛で、私はなるべく落ち着いて彼に切り出した。

「先輩、そろそろ失礼してもいいですか？　明日も早いので……」

「ああ、そうだね。今夜は、付き合ってくれてありがとう」

思っていたより、先輩はすんなりと受け入れてくれてホッとする。それから会計に向かうと、先輩は半分払うという私の申し出を断り、ご馳走してくれた。

「先輩、ありがとうございました。ご馳走様でした」

ホテルを出たところで、先輩に挨拶をする。

堂浦先生はまだ食事をしているのか、店を出るときも姿は見かけなかった。

「いいよ、俺から誘ったんだし。それより、本当に送らなくていい？」

「はい、大丈夫です。お気遣いをありがとうございます」

他の男性に送ってもらうのは、先生に心配をかけるから申し訳ない。

丁重にお断りすると、先輩は小さく微笑んだ。

「分かった。じゃあ、今夜はここで。久美ちゃん、また誘うよ」

「えっ？　それは……」

こんなふうにプライベートで会うのは、今夜限りにするつもりだったのに。

戸惑う私の顔を覗き込み、先輩は言った。

「兄貴と付き合ってること、必ず後悔するから。俺がいくらでも、相談に乗るよ」

含みのある言い方をした先輩は、私の肩を軽く叩くと、ホテルの駐車場へと歩いていった。

やっぱり、先生とのお付き合いには反対みたい。

それにしても、先輩はなにを知っていて、『必ず後悔する』なんて言ったんだろう。

先輩が『覚えておくといい』と言っていた矢吹病院について、時間があるときにでも調べてみようかな。

大通りに出て、タクシーを拾って乗り込む。そして自宅へ着くと先生にメールを送った。

帰ったことを報告しようと思ったのは、心配しているといけないから。

すると、すぐに返事がきて、おやすみなさいの挨拶を交わす。

先輩の言葉が気になりながらも先生との同棲が決まって、頭の中はそのことでいっぱいになっていた。

「おはよう、小松さん。ちょっと来て」

「はい」

出勤するとすぐ杉山課長に呼ばれ、デスクに向かう。

昨夜は、隆斗先輩との急な食事に戸惑いっぱなしだったけれど、思いがけず堂浦先生と会えて気持ちに充電ができた。それに、驚きの提案もあったし……。

「小松さんご指名で、仕事が入ってね」

「えっ!? ど、どういうことですか？」

ご指名という言葉に反応した私は、思わず体を前のめりにした。

そんな私を見て、課長はクックと笑った。

「頑張った甲斐《かい》があったんじゃないか？　矢吹病院から、ご依頼があってね。ぜひ、うちの商品について詳しく聞きたいと……」

矢吹病院といえば、昨夜先輩が話していた病院……。偶然のこととはいえ、心の中で驚いていた。

「矢吹病院は、以前営業で断られた場所ですが……」

「それでも、数回訪問したんだろう？　小松さんの印象が強かったみたいで、ぜひにと……」

信じられない。まさか、諦めた頃に声がかかるなんて。

仕事が軌道に乗ってきたといっても、物足りなさを感じていた。だから、新規の仕事が入ってきたことで、気持ちは高まっていた。

「ありがとうございます！　頑張ります」


【矢吹病院から、ご指名が入ったんですよ。新規の営業になるので頑張ります！】

社用車を走らせる前、堂浦先生にそうメールを送った。

新規の営業先から指名が入るのは初めてで、とても嬉しかったから、私の仕事をずっと応援してくれている先生に、どうしても伝えたかった。

矢吹病院は、会社から車で約三十分の場所にある。近隣は低層ビルが立ち並び、オフィスや飲食店、それにマンションでひしめき合っている。ソンシリティ病院ほど大きくはないけれど、病床数が一七〇床ほどあり、循環器系が得意な総合病院だった。

建物の裏にあるコインパーキングに車を停めると、正面玄関から入る。

訪問先は、金田真由美《かねだまゆみ》さんという女性だ。事務方の主任ということで、緊張する。

以前営業で来たときは、窓口対応をしている若手の女性と話しただけで、役職のある人には会わせてもらえなかったのに、今回はいきなり主任クラスの人と話せるなんて。

緊張感でいっぱいで受付の女性に声をかけると、ほどなくして三十代半ばくらいの綺麗な女性がやってきた。

「小松さんですよね？　初めまして、金田と申します」

事務の制服姿の金田さんは、白い肌に整った顔立ちの優しそうな女性。その柔らかい笑顔に緊張が解けてきた私は、肩の力を少しだけ抜いた。

「小松と申します。このたびは、お声がけをいただいてありがとうございます」

「いいえ。こちらこそ、突然で申し訳ありません。さあ、どうぞ」

金田さんはスタッフ専用のドアを開け、私を促した。明るい廊下を進むと、小さな応接室に通された。

「おかけください。さっそくなんですが、商品のご説明を聞きたくて」

「はい。こちらです」

革張りの茶色のソファに向かい合って座ると、テーブルにパンフレットと試供品を置く。すると、金田さんは興味深そうにパンフレットを手に取った。

「いろいろ種類があるんですね。うちの院長の娘さんが、タチバナ飲料に興味を持たれまして」

「院長先生の娘さんがですか？　それは、とても光栄です」

だから、指名されたんだ……。ラッキーな部分が大きいけれど、それでもよかったと思える。

「ええ。矢吹恵さんっていうんですけどね、ぜひ、うちの入院食に取り入れられないかと……」

「入院食ですか？　それは、とても嬉しいです。ぜひ、上司とも相談し、提案させていただきます」

思いがけない話の展開に、気持ちははやる。と同時に、矢吹恵さんという名前が引っかかった。偶然だろうけど、先生にお花を贈っていた女性も〝恵さん〟だ。

「それなら、安心しました。突然、こんな依頼をして、びっくりさせたんじゃないかと思いましたから」

金田さんがそう言い、私は首を横に振った。

「そんなことはありません。私、皆さんのお役に立ちたいと、ずっと思っていたので」

実は事故で入院したこと、そのとき先生方にお世話になったから、恩返しの意味も込めて病院で商品を営業していることを説明した。

「そういうご事情があったんですか……」

「はい。でも、すみません。空気を重苦しくしてしまいました」

金田さんは伏し目がちに黙っている。

初対面だというのに、事故の話をして気まずい雰囲気を作ってしまった。

「金田さん、試供品をお試しになりませんか？　こちらは栄養バランスが抜群で、他の病院や福祉施設でもご利用いただいているんです」

自分の話をしたことに後悔しながらも、話を変えようと、笑みを浮かべてパックジュースを差し出した。すると、金田さんはニコリと笑顔を戻して受け取る。

「ありがとうございます。では、いただきます」

彼女は、さっそくジュースを口にすると、表情を明るくした。

「おいしくて、飲みやすいですね。素材本来の味が生かされていて……」

「そうなんです。不要なものは、入っていませんから。数に限りがあり申し訳ないのですが、こちらを皆様でお召し上がりください」

よかった、反応はいいみたい。

安心しながら、試供品のパックの詰め合わせを差し出す。金田さんは、さらに嬉しそうな顔をして受け取った。

「ありがとうございます。必ず、スタッフに渡します」

金田さんとは、話を前向きに進めることで一致し、その日は終わった。

会社に戻り、杉山課長に報告をする。入院食となるとかなり大きな取引になるため、もう少し話を詰めてから、部長へ決裁を仰ぐこととなった。

久しぶりの大型案件に、私も気分が高揚する。

先生に送ったメールは、いつ見てもらえるかな。喜んでくれると嬉しいけど……。

そんな期待も抱きながら、自宅に戻ったタイミングで先生から電話がかかってきた。

「もしもし、先生お疲れ様です。今日は、もう終わりなんですか？」

メールをしたから、電話をくれたのかな？　テンションが上がってしまいそうになる。

《ああ、今夜はもう自宅でね。久美からのメールを見て、電話したんだ》

やっぱり……。嬉しくなる気持ちを抑え、なんとか冷静になった。

「ありがとうございます。あまり詳しくは話せないんですが、矢吹病院から担当のご指名をもらって」

《みたいだな。こっちでも、そういう噂を聞いたよ》

「えっ？　そ、そうなんですか？」

　ソンシリティ病院にまで、こんなに早く話が伝わるものなの……？　今日、担当者に会ったばかりなのに。

《そうだよ。順調にいきそうか？》

「はい。きっと、うまくいくと思います。というより、いかせてみせます」

　復帰して、スタートは不安だらけだった。それでもここまでこれたのは、先生のお陰でもあるから……。これからも応援してほしいし、頑張っている姿を見せたい。

《さすがだな。それより、いつから俺のマンションに来る？　昨夜のこと、忘れてないだろう？》

「あ、はい。もちろんです……」

『それより』って、先生らしくない言葉に、傷つく自分がいる。

　もっと喜んでもらえると期待していたのに……。自分の仕事のことばかり話したいわけじゃないけど、それにしても、少し冷たくないかな……。

《きみとあまり離れているのは不安でね。話ができても、こうやって電話だし。顔を見ながら、会話をしたいんだ》

「先生……」

そっか。電話だと、気持ちが伝わりにくい部分もあるかもしれない。今だって、先生と直接会って話していれば、受け止め方が違ったはず。

先生は、いつだって私のことを考えてくれているもの……。

同棲という言葉に、少し迷いがあったけれど、気持ちが吹っ切れた気がする。

「では、土曜日からお邪魔していいですか？」

《ああ、もちろん。ちょうど、今週の土曜日は、休みなんだ。俺も手伝うよ》

「ありがとうございます」

一緒に生活をしても、すれ違いは多いかもしれない。それでも、今よりはたくさん先生と接することはできるはず。

隆斗先輩の言葉や、先生に花を贈った女性のことなど、気にかかる部分はあるけれど、それも過ごす時間が長ければ、自然に分かっていくと信じている——。

「荷物、これでいい？」

土曜日の午前十時。先生は約束通り、私のマンションへ来てくれた。旅行用に使っていたスーツケースと、スポーツバッグに荷物を入れると、彼の車に運んだ。

「はい。ひと通り、準備しましたので」

今日から、先生とふたりきり……。それを想像すると、ドキドキしてくる。

助手席に静かに乗ると、車は走り始めた。

家具など、大きいものは部屋に残してある。私の部屋は契約したままだから、今後のこともしっかり考えていこう。

どれくらい、先生と一緒にいられるんだろう……。

そのことを考えないわけではないけど、今はふたりの時間を大事にしたい。

先生のマンションに着き、さっそく荷物を片付ける。洋服類は、ウォークインクローゼットに掛けさせてもらった。

彼のプライベート空間に、自分のものが混ざっていくのが不思議な感じ……。

持ってきた荷物をひと通り収め終わると、先生が後ろから抱きしめてきた。

「やっと、きみを捕まえられた。これからは、今までより、少しは多くの時間を一緒に過ごせると思う」

「はい……」

ふたりの時間が多くなるのは、本当に嬉しい。これからは、先生の温もりを近くに感じていられるから。

「久美の悩みもなんでも聞く。きっと、今までは遠慮もあったろう？　だけど今日からは、いつでも聞くことができるから」

「ありがとうございます……。まさか、そのために、一緒に住もうと言ってくれたんですか？」

先生は、以前にも言ってくれていた。なんでも話してほしいと……。

でも実際は、先生の仕事の忙しさを考えると、なかなかそれもできなくて。

だから、私に同棲を提案してきたの……？

すると先生は、私をさらにギュッと抱きしめて言った。

「違うよ。単純に、俺がきみを独り占めしたかったからだ」

そして私を振り向かせた先生は、熱いキスをした。

「ん……。ふ……」

あっという間に唇が濡れて、体が火照《ほて》ってくる。

独り占めしたいなんて言わなくても、私は先生だけのものなのに……。

今日のキスは、いつにも増して濃厚。本当に、先生の想いが伝わってくるようで、胸がどんどん高鳴ってくる。

何度かキスを交わしたあと、先生は私の体をそっと離した。そして、優しい笑みを向ける。

「まだ、昼間だったな。つい、きみを抱きたくなってた」

少し乱れた私の髪を、彼がそっと直してくれる。こんなふうに触れられて、私は自分の想いを抑えられなくなっていた。

「明るくても……いいです」

自分でも驚くくらいに、大胆なことを言ったと思う。だけど、想いが弾《はじ》けるように口をついて出た。

「そんなことを言われたら、本当に抱くけど？」

先生は、余裕たっぷりの笑みで私を見ている。

「……抱いてください」

恥ずかしい……。でも、先生と素肌で触れ合いたい、そう思ったら、加速する想いが止められなかった。

昼間のベッドルームは、ことのほか明るい。だから、先生の顔がよく見える。

「久美、今さら恥ずかしがる？」

クスッと笑う彼の声がして、私は思わず背けていた顔を戻した。

「だって、まさかこんなに明るいなんて……。ブラインドを、閉めませんか？」

先生がよく見えるということは、私のこともよく見えるわけだから、とても恥ずかしい。

戸惑いを隠せない私を、彼は楽しそうに眺めている。そして、シャツを脱ぎ捨てると、私の首筋にキスを落とした。

「あ……！　先生……」

手は胸に触れ、優しく鷲掴《わしづか》みにされる。たまらず声が漏れてしまい、ますます恥ずかしくなっていた。

「俺は、久美をよく見たい。こういうのも、悪くないな」

少し呼吸を乱す先生に、私は軽く睨んでみる。

「もう……先生ってば」

「ハハハ。いいだろう？　きみを、やっと捕まえられたんだ。今日は、遠慮しない」

先生はそう言って、私の体中にキスをした。

温かくて逞《たくま》しい彼の胸板を感じながら、私はひたすら甘い声を漏らしていた——。

私が恋人じゃダメですか？

「久美、料理なら俺も手伝うよ」

堂浦先生のマンションへ移ってきて、初めての夜。彼の許可をもらってキッチンへ立った。

今夜は、絶対に手料理を振る舞うと決めていたから。先生が毎日多忙なのは分かっているから、お休みの日くらいは私の手料理を食べてほしい。

そう思って、料理をしていると、先生が後ろから抱きしめてきた。

手の自由が利かないまま肩越しに振り向き、彼を見つめた。

「先生、まだ途中ですから」

「分かってるよ。ただ、きみのエプロン姿がかわいくて、つい触れたくなった」

「先生……」

ドキドキする……。

実は、先生のマンションへ行くことが決まって、エプロンを新調した。

白いフリル付きで、わざとらしいかなと心配だったけれど……。先生の好みだったみたいで、ホッとする。

「やっぱり、いいな。きみを、帰さなくていいというのは」

先生はそう言うと、コンロのスイッチを切る。そして私を振り向かせると、熱いキスをした。痛いくらいに抱きしめられ、息もできないほどに深く唇を塞がれる。

「せ、せんせ……」

私だって、先生とずっと一緒にいられるのだから嬉しい。だけど、これじゃあご飯が作れない……。

優しく彼の体を押し返すと、唇が離された。

「先生、お料理したいので……」

顔が赤くなっているのを自覚しながら、彼を控えめに見る。すると、先生は、穏やかな笑みを浮かべた。

「ごめん、邪魔した。俺も手伝うよ。なにをしたらいい？」

「大丈夫です。今夜は、私が作りたいので。お気遣い、ありがとうございます」

だって、今日から新しい毎日が始まるのだから……。

「だけど」

それでも気にする先生に、私は笑みを向ける。

「さっき、お風呂を沸かしたんです。先に入ってください。その間に、ご飯を作っておきますね」

彼の背中を押すと、クスッと笑われた。

「分かった。きみの言う通りにするよ」

「ごゆっくりしてくださいね」

明日から、先生はまた忙しい日々が始まるのだから、疲れが残らないようにしないと。

先生がお風呂に向かったのを確認し、私は夕食作りを進めた。

ダイニングテーブルに出来上がった料理を並べていると、先生がお風呂から上がってきた。

半乾きの彼の髪が妙に色っぽくて、思わず視線を逸らす。

今までも、お泊まりをしたことがあったけれど、お風呂上がりの先生をまともに見たのは初めてかも……。

「おいしそうだな。久美は、お菓子作りだけじゃなくて、料理も得意なんだ?」

「は、はい……」

こうやって、毎日の生活の中に、これからは先生がいるんだ……。男の人と一緒に暮らすなんて初めてで、彼のなにげない言葉や仕草にドキドキしてしまう。

ぎこちなく返事をすると、ふいに先生に顔を覗き込まれた。

「どうかした？　なんだか、様子が変だけど」

「えっ⁉　そ、そんなことないですよ。さあ、ご飯を食べましょう」

ダメダメ、こんなことだとこれからの日々に身がもたない。

努めて冷静を装って椅子に座ってみたものの、落ち着かなかった。

先生は訝しげな表情をしながらも、私の向かいに座る。

そんな彼に、笑ってごまかした。

先生は、私が作った煮魚や味噌汁、そして野菜の煮物をおいしそうに完食してくれた。

食事中は、先生に話しかけられてもまともに彼の顔が見られなくて、不自然な態度を取ってしまった。ひとり、勝手に今の状況を意識してしまって恥ずかしい。

「ご馳走様。本当においしかったよ」

「よかった、お口に合って……。じゃあ、私は片付けてきますね」

笑顔を作り、食器をシンクへ持っていこうと立ち上がると、彼も同時に腰を上げた。

そして、私の腕を掴み、小さく微笑む。

「やっぱり変だ。ご飯を作っている間、なにかあった？」

もしかして、先生は心配しているのかな……。だとしたら、それは申し訳ない。

せっかくこうやって、一緒にいられるようになったんだもの。恥ずかしいなんて言ってないで、本当の気持ちを伝えなくちゃ……。

「今さら、意識しちゃったんです。これからは先生が……そのいつもそばにいてくれるんだっていうことを」

「えっ？」

一瞬間が空き、さらに恥ずかしさが込み上げる。思わず両手で顔を覆った。

「だって、今夜から私たち、ずっと一緒なんですよね？　毎日、そばにいられるんだって思ったら、とても意識してしまって……。お風呂上がりの先生が、妙に色っぽくて」

素直に感じたことを話すと、先生にクスクス笑われてしまい、ますます恥ずかしくなる。

「そうやって、意識してくれているのは、とても嬉しいよ」

「……本当に、そう思ってくれますか？」

呆れられていないかな……。不安になりながら彼を見ると、穏やかな笑みを向けられた。

「ああ。俺は、そういう久美も含めて、きみのすべてが好きだ。信じてくれるか？　俺のことを」

「はい！　もちろんです」

すぐにそう答えると、先生の唇が私のものと重なった。そして、軽々と抱き上げられる。

「先生⁉　あの、片付けが……」

びっくりして、彼の腕の中からダイニングテーブルに目をやる。すると、先生は迷うことなくベッドルームへ向かった。

「あとでいい。もう少しだけ、きみの温もりを感じたくてね」

昼間の明るさとは変わり、ベッドルームからは輝く夜の街のネオンが見える。

ダウンライトだけの薄明かりの中で、私は先生と重なる。

そういえばさっき、先生は『信じてくれるか？』と言っていたな……。あの言葉が、なぜだか気にかかる。

そんなことを聞かれるような、話の流れだったっけ……？


月曜日、少し早く先生がマンションを出た。

玄関で軽くキスを交わせただけで、どんなことがあっても、一日頑張れる気がする。いつも以上に背筋を伸ばし、出勤をした。

今日は、久しぶりにソンシリティ病院を訪問する日。先生は日中は手術が入っているらしく、偶然でも会うことはない。それでも、近くに彼がいる——。それだけで、なにより嬉しかった。

「こんにちは、高野さん。お久しぶりです」

売店へ着くと、高野さんが笑顔で出迎え、いつも通り、奥の部屋へ案内してくれた。

「本当にお久しぶりですね。商品の評判はよくて、だいぶコンスタントに売れていますす」

パイプ椅子に座ると、高野さんがインスタントコーヒーを出してくれた。

「本当ですか？　よかった」

ホッと胸を撫で下ろす。

復帰してから、以前ほどではないながらも担当先が増えている。でも、売り上げでいうと目標には達しておらず、少し焦りがあった。だから、高野さんの言葉に安心した。

「小松さんが作ってくれたポップがいいんですよ。そういえば、小松さんは、柊也先生とお付き合いしているんですよね？」

高野さんにさらっと聞かれ、私は動揺して飲みかけのコーヒーカップを落としそうになる。それでもなんとか平静を装い、笑みを向けた。

「はい……。高野さんも、ご存じなんですね」

きっと耳に入っているだろうと思っていたけれど、改めて聞かれると恥ずかしいな……。

内心、ドキドキしながら彼女を見つめる。

「院内で噂になっていましたから。柊也先生は素敵な方ですもんね」

高野さんはニコリと笑顔を浮かべているけれど、どこかぎこちない。

やっぱり、自分を診てくれた医師と付き合うということに引かれた……？

それでもいつも通り、高野さんと打ち合わせをし、次のアポ先へ向かうため、売店をあとにする。その帰り際に、もう一度高野さんに声をかけられた。

「小松さん、柊也先生とうまくいくといいですね」

「あ、ありがとうございます」

なんだろう……。高野さんのどこか心配そうな顔が引っかかる。『うまくいくといい』という言葉も、まるで今の時点では、うまくいかないと思っているみたいな……。

それって、考えすぎなのかな。なにか、私の知らないことがあるの？

そのときふと、隆斗先輩の言葉が頭に浮かんだ。先生は、病院のためなら私を簡単に裏切ると……。

でも、まさか。まさか……よね？

あれこれ頭をよぎったけれど、私の考えすぎかもしれない。矢吹病院との話も前に進んでいるし、もっとポジティブにいこう。

次の打ち合わせもスムーズに終え、会社へ戻った。社内での仕事も順調に進み、気がつくとあっという間に退社時間になった。

「お疲れ様でした」

挨拶をしながらオフィスを出るけれど、返事をしてくれない人がいる。

なぜなら、先生との付き合いをオープンにして以来、一部の社員から反感を買ってしまっていた。特に、女性社員の数人からは、冷たい態度を取られている。

でもそれは、綾子曰《いわ》く『イケメンエリート外科医が相手だから、仕方ないよ』らしい。きっと、そういう人たちには、私が先生の恋人にふさわしい相手に映っていないんだろうな……。

だからこそ、もっと頑張りたい。仕事で結果を残していけば、認めてもらえると思うから。

それに、今の私には先生が近くにいる。すれ違いの日々がなくなるわけじゃないけれど、毎日同じ部屋に帰れる。そう思うだけで、頑張れる気がしていた。

そういえば今日先生は当直だったな。夜はひとりだから、晩御飯はどこかで食べて帰ろうか……。

そんなことを考えながらビルを出たところで、ひとりの女性がこちらに歩いてきた。スレンダーな美人で、華やかな雰囲気を持つその人は、私の前で立ち止まると、挑発的な笑みを見せて言った。

「小松久美さんですか？　私、矢吹恵と申します。少し、お時間いいかしら？」

「え……？　矢吹……恵さん？」

もしかして、矢吹病院の院長の娘さん？　たしか、金田さんが言っていた……。

「ええ。矢吹病院の院長の娘です。どうしても、あなたにお会いしたくて」

綺麗な二重の大きな目に、厚い唇と白い肌。アッシュブラウンの巻き髪に、ブラウスとシフォンスカートを着ていて、派手さの中にも品がある。身につけているアクセサリーやバッグは、海外の高級ブランドのものだった。

「小松久美です。お世話になっております。ご挨拶に伺わず、大変失礼いたしました」

どうしよう。営業先の担当は金田さんだから、恵さんへの挨拶が抜けていた。

最初に訪問したとき、恵さんがタチバナの商品に興味を持ってくれていると聞いていたのだから、こちらから挨拶に行くべきだった……。

彼女のほうから出向かれてしまい、かなり気まずい。

「いいえ。それはお気になさらず。いずれ、小松さんに会いに行くつもりだったので」

「え？」

私に会うつもりだった……？

それはどういう意味だろうと怪訝に思っていると、恵さんは鼻で笑うように言った。

「本当に、なにも知らないのね。私、柊也さんと結婚することになっているのよ。そのことで、あなたにお話ししたくて」

「……どういうことですか？」

先生の部屋の玄関ドアに掛けられていた花は、やっぱり恵さんが贈ったものだったんだ……。カードに書かれていた【恵】というのは、矢吹恵さんのこと——。

「驚いたでしょう？　どこか、ゆっくりできる場所で話しましょう。どうかしら？」

「大丈夫です。ご一緒します……」

歩き始めた恵さんのあとをついていく。

あの花に添えられたカードには、ふたりが会っていたことと、次の約束が書かれてあった。先生はこの人と会っていたんだ……。それも、結婚することになっているって、どういうことなの？　頭がどんどん混乱していく。

それにしても、どうして恵さんは私が小松久美だと分かったんだろう。

「ねえ、ここでいいかしら？」

恵さんの声にハッとする。

いつの間にか、ホテルに着いていた。

ここは、隆斗先輩と食事をした場所……。それに、先生と偶然会った場所でもある。

嬉しくない偶然だけれど、とにかく話がしたいから頷いた。

「構いません」

「そう、よかった。ここね、柊也さんと挙式する場所として、候補にあげているの。フレンチレストランに行きましょう」

「挙式をする場所ですか？」

そこまで具体的に決まっているの？

唖然とする私を、恵さんはクスッと笑った。

「知らなかったのは、あなただけみたいね。かわいそうに。柊也さんに遊ばれているだけよ」

そんなはずはない。先生が、私と遊びで付き合うだなんて、そんなことがあるわけがない。

だって、初めて会ったときから裏表なんてなくて、私のことを考えてくれていた。

その彼が、他の女性との結婚を進めながら、私と付き合うなんて……。

エレベーターで二十五階へ着くと、フレンチレストランへ向かう。白が基調の明るく上品なお店で、出迎えてくれた女性店員が、恵さんを見るなり笑顔になった。

「恵様、お久しぶりです。お父様は、お元気ですか？」

どうやら、恵さんとは顔見知りみたい。きっと、何度も来たことがあるんだろうな。

「ええ、多忙ですが、とても元気です。席、空いているかしら？」

「もちろんでございます。個室へどうぞ」

店内は満席なのに、スムーズに案内されるなんて、恵さんは私と住む世界が違う人だと、つくづく感じてしまう。

ただ、それを言うなら、先生も一緒か……。

奥の個室は以前隆斗先輩と行ったレストランの個室とよく似ている。ダイニングテーブルにソファがあり、くつろげるようになっていた。

「コースを頼んだから、堪能してね。さあ、座って。私、さっそく小松さんにお願いしたいことがあるから」

恵さんと向かい合って座ると、彼女を見据える。強い眼差しを向けていないと、心が折れそうになるくらい、恵さんのオーラは圧倒的だった。

「お話って、なんでしょうか？」

「ストレートに言わせてもらうわ。小松さん、柊也さんと別れてもらえません？もちろん、お礼はするわ」

「な、なにを言っているんですか？　先生とは別れません……。それに、お礼って」

恵さんの言うことに、とてもついていけない。もっと、まともな会話ができると思っていたのに……。

さすがにムッとした私は、席を立つことを考えた。これなら、先生に直接聞いたほうがいい。

すると、恵さんは私を見下すように目を細めて言った。

「二年後くらいを目処《めど》にね、ソンシリティ病院と、矢吹病院は提携する方向で話を進めているの。患者の状態によって、お互い今以上にいいリレーションができるようにするためにね」

「どういう、意味ですか？」

「うちはね、循環器系が得意なんだけど、高度な心臓オペは他の病院にお願いしているの。リスクも高いから、なかなか医師の確保が難しくて」

それもあって矢吹病院は、難易度が高い手術ができるソンシリティ病院と手を組みたいらしい。その中でも群を抜いて技術力が高い堂浦先生に恵さんをお嫁入りさせたいと、矢吹院長は考えているとのことだった。

「そういうことなのよ。矢吹病院とソンシリティ病院がもっと連携できれば、患者さんのためにもなる。柊也さんの経営ビジョンの助けになると思うの」

先生の経営ビジョン……。そうだよね。先生は、患者さんのトータルケアをやりたいと言っていたっけ。矢吹病院との提携は、その助けになるの？

「どうして、それが恵さんとの結婚になるんですか？」

自然に湧いた疑問をぶつけると、恵さんは笑みを保ったまま答えた。

「なにか分かりやすい絆《きずな》がないと、のちのち問題が起きたとき困るでしょう？　柊也さんは、未来の院長。資金面でも技術面でも、私は彼の役に立つわ」

それを言われると、私はなにも返せない。ごく一般的なサラリーマン家庭に育った私には、恵さんのような力はない……。

「小松さんは、柊也さんに与えてあげられるものはある？　愛とか、抽象的なものはダメよ」

「お金とか、技術提供とか、それは無理です……。でも、それがないといけないんでしょうか？」

「当たり前でしょう。柊也さんは、ソンシリティ病院をもっと発展させたいんですよ？　それなのに、恋人が無力の人じゃね……」

恵さんはそう言うと、クスッと笑った。

その間にも、注文していた料理が運ばれてくる。手をつける気になれない私とは違い、恵さんは機嫌よく美しく盛り付けられた前菜を口にしている。

「あら？　食べないんですか？　遠慮しなくていいですよ。今夜は、病院の経費で落ちますから」

「いえ、お金はお支払いします……」

恵さんにも、矢吹病院にも奢《おご》ってもらう理由はない。料理はもったいないからいただこうと思うけれど、帰りに自分の分は恵さんに渡そう。

「恵さん……。気になっていたんですが、どうして私が分かったんですか？　お会いしたことなかったのに」

「教えてもらったからです。ソンシリティ病院に小松さんが来ていたとき、私もいたんですよ。遠目で、あなたを確認させてもらいました」

「そうですか……」

いったい、いつ見られていたんだろう。そういえば以前、仕事で病院を訪問したときに偶然先生に会って、病院の中だというのに抱きしめられてドキドキしたことがあったっけ。そのときかもしれないんだ……。

「小松さんが柊也さんと別れなくても、私たちは結婚します。それだけは、覚えておいてくださいね」

ニコリと笑った恵さんに、私は返す言葉が見つからなかった。

結婚は、本当なの？　いくら、病院の未来が関わっているといっても、先生にその意思がなければ、無理やり結婚なんてさせられるはずない。

そう信じていたいのに、ほんのわずかでも疑惑を持ってしまう。早めに、先生に相談しよう。

それからの時間は、全然会話が弾まなかった。彼女からは病院の自慢や、先生との結婚式の話などをされたけれど、ほとんど頭に残っていない。

憂鬱なだけの食事を済ませた私は、彼女にお金を差し出した。恵さんは、怪訝な顔をする。

「いらないですよ。ここは、経費で……」

「ご馳走になる理由がありませんから。お先に、失礼します」

会釈をすると、部屋を出る。恵さんから、呼び止められることはなかった。

きっと、彼女は自分が先生の結婚相手だと、私に宣言したかったんだろうな。

それにしても、ふたりの結婚話は、いつから出ていたんだろう……。

悶々と考えながら、エレベーターに乗り込み、一階のロビーへ向かう。

十数秒後、エレベーターを降りた私は、背後から声をかけられた。

「久美ちゃん」

落ち込みそうです

振り向くと、隆斗先輩が立っている。

黒いシャツにベージュのパンツスタイルで、足元は革靴だ。

まさかの偶然に、私は驚きを隠せなかった。

「先輩⁉　どうしてここへ？」

このホテルで食事をして以来だから、なんだか気まずい。前みたいに、気さくに接することができなくなっていた。

「たまたま私用で来てたんだけど、久美ちゃんたちを見かけてね。気になって、待ってたんだ」

「え？　私たちって……。まさか」

恵さんと一緒のところを見られていたってこと？

「そう、恵さんといたろ？　兄貴の結婚相手。もしかして、なにか言われた？」

「自己紹介を……」

先輩も、もちろん恵さんを知っているみたい。まさか、同じホテルに先輩もいたなんて、想像もしていなかった偶然に驚いてしまう。

「自己紹介……か。恵さん、自分が兄貴の結婚相手だと言ったろ？」

「はい……」

小さく返事をすると、先輩は口角を上げた。

「だから、言ったじゃないか。兄貴は、病院のためなら久美ちゃんを裏切るって」

「まだ、そうと決まったわけじゃないですよね……。そもそも、肝心の先生に、直接聞けていませんから」

「たしかにね。だけど、兄貴もひどいよな。こんな大事な話を、なんで久美ちゃんにしなかったんだろ」

先輩は首をかしげながら、チラリと私を見る。まるでそれが、こちらの反応を窺っているようでいたたまれない。

「必要なかったから……だと思います。先生には、その意思がないと信じていますから。それでは、失礼します」

会釈しその場を立ち去ろうとすると、先輩に腕を掴まれた。

「先輩、離してください。人が多い場所ですから」

夜でも、ホテルのロビーは賑わっている。観光客だけでなく、食事に訪れている人たちもいるから。そんな場所で、堂々と腕を掴まれては目立ってしまう。

戸惑っていると、女性の声が聞こえてきた。

「あら？　小松さん、隆斗さんともお知り合いだったんですか？」

いつの間に降りてきたのか、恵さんが私たちを笑顔で見ていた。

すると、先輩が私の腕を掴んだまま、恵さんに愛想のいい笑みを向ける。

「これは恵さん。こんばんは。先日は、兄と会っていたと伺っています。兄のエスコートはどうでしたか？」

先日……？　それは、お花のメッセージカードに書かれていたときのこと？　それとも、別の日……？

先輩の言葉に、心が乱れてしまう。

「とても楽しめました。柊也さんって本当に紳士で素敵な方ですね。お優しいですし」

恵さんはそう言いながら、私を横目で見た。

それが、挑発的に感じたけれど、気にしないふりをした。

彼女の言っていることが真実か分からないし、先生を信じているから……。

「それを聞いたら、兄も喜びますよ。恵さん、ソンシリティ病院のために、よろしくお願いします」

「こちらこそ、柊也さんとソンシリティ病院のために、精一杯尽くしますわ」

頭を下げた恵さんは、私を一瞥《いちべつ》するとホテルを出ていく。

彼女の後ろ姿を呆然と見送る私に、先輩が声をかけてきた。

「な？　分かったろ、久美ちゃん。兄貴は、病院の利益のために、恵さんと結婚するんだ」

「利益……ですか？」

その言い方は、不快に感じる。

もちろん、利益も大事だけれど、先生がそこを一番重要視しているとは思えない。

自然と先輩にきつい視線を向けると、呆れたようにクスッと笑われた。

「久美ちゃんは、本当に兄貴を美化してるな。まあ、それだけ兄貴のやり方がうまいんだろうけど」

「でも、高野さんだって、先生を褒めていました。とても、患者さん思いだと……」

「彼女は、そんなに兄貴を知らないだろう？　上辺だけ見ているんだよ」

私には、先輩のほうが信用できない。さっきも、恵さんに対して、わざと先生の話を振るのだから。私の前で、わざわざ先生の印象を聞かなくったっていいのに……。

「私は、先生の言葉だけを信じますから。失礼します」

今度こそ帰ろう。

私の腕を掴んでいる先輩の手の力が緩んだのが分かって、振りほどく。先輩に背を向けた瞬間、彼の声が聞こえてきた。

「なあ、久美ちゃん。兄貴なんてやめて、俺にしなよ」

「え……？」

振り向くと、先輩が真顔でまっすぐ私を見つめている。

「兄貴と違って、俺は病院のことばかり考えているわけじゃない。兄貴と一緒にいても、疲れるのは久美ちゃんだよ」

「先輩……。でも私は、先生が好きなんです。柊也先生が、好きなので……」

先輩が本気で言ってくれているなら、それはとても光栄だ。だけど、高校生の頃から、先輩は先輩でそれ以上でも以下でもない。私は、なにがあっても先生が好き……。

「だけど、結局は恵さんと結婚するよ。それまで夢を見ておく？」

「先生に、直接聞いてからです……」

先輩に会釈をすると、足早にホテルをあとにした。

ほんの二時間ほどだったのに、どっと疲れが出る。

今夜は、先生がいなくてよかったかもしれない。頭の中を整理したいから、ひとりになりたかった――。

翌朝、私が出勤するまでに、先生が帰ってくることはなかった。

ひとりで過ごした昨夜は、慣れない部屋のせいか、恵さんや隆斗先輩に会ったせいか、寝つけなくて今朝は体が重い。

そんな中、会社に着くとすぐに杉山課長から声をかけられ、デスクへ向かう。

「矢吹病院の件なんだが、先方から話を進めるのを少し待ってほしいと、連絡があったんだよ」

困ったようにため息をついた課長は、腕組みをした。

「金田さんから、ご連絡があったんですか？」

「いや、さらにその上に立つ事務長の男性からだ」

「そんな……。金田さんとはあれから二回ほど電話でやり取りしましたが、とても乗り気だったんです」

訴えるように言うと、課長は「うーん」と唸《うな》っている。

この案件は、入院患者さん向けの食事にうちのジュースを導入するというもの。定期的な大量受注が見込まれるため、私や課長は当然だけれど、営業部長もかなり気合いを入れている。

どの商品にするか、価格はどうするかなど、上司の指示を仰ぎながら、金田さんとすり合わせている最中だったのに……。

動揺する私に、課長はさらに深いため息をついた。

「事務長によると、窓口サイドのフライングだったらしい。正式に、うちと話を進める決裁を、病院側はしていなかったと言われた」

「今さら、そんな……。だって、院長の娘さんも興味を持っていると……」

そこまで言って、ハッと思いつく。

まさか、恵さんが関わっているとか……？　最初は純粋にタチバナ飲料を気に入ってくれていたけれど、私の勤め先だと分かって話を保留にしてきたのかもしれない。だけど、まだそうと決まったわけじゃないし、それは考えすぎなのかな……。

どちらにしても、かなり大変な状況には変わりない。一課だけでなく、会社にとっても大きな案件なだけに、簡単には白紙にできなかった。

「とりあえず、午後に僕が事務長に会いに行く。話を聞かないとな」

「申し訳ありません。よろしくお願いします」

もしかして、恵さんとは関係なく、私に問題があったのかな……。

悶々としながら自分のデスクへ戻ると、後ろを通りかかった後輩女子が、これみよがしに言った。

「いい気味」

冷たく放たれたその言葉が、心に突き刺さる。

彼女は一課の後輩で、まだ入社二年目。デスクが離れているため、あまり話をすることはないが、私が堂浦先生と付き合っていることをよく思っていないひとりだった。

「気にすることない。営業の仕事には、トラブルはつきものだ」

見るに見かねたのか、隣の男性先輩社員が優しく声をかけてくれた。

課長とのやり取りはしっかり周りに聞こえていたみたいで、バツが悪い。先輩に小さく笑みを向け、お礼を言った。

「ありがとうございます。白紙にならないように、頑張ります」

もし、今回の件が、恵さんと関係していたらどうしよう。

仕事で結果を出すこと、それが周りから認めてもらうために必要なのに……。

それから結局、矢吹病院の案件は保留になったまま。事務長に会いに行った課長からは、『慎重に考えたい』としか言われなかったと聞いた。

理由も不審な感じがするし、やっぱり恵さんが関わっているの――？

「久美、なにか悩みでもある？　雑誌をめくる手が、ずっと止まってる」

久しぶりに先生と一緒に過ごす日曜日。外は雲ひとつない天気で、窓から爽やかな風が入ってくるほど。

だけど日頃忙しくしている先生のことを考えて、今日はゆっくりと家にいることにした。ソファに先生と並んで座り、私はファッション誌を、彼はタブレットを見ているところだった。

「いえ、なんでもないです。ちょっとボーッとしちゃって。先生は、なにを見ているんですか？」

雑誌を閉じて、先生に笑みを向ける。

恵さんと会ってから十日ほど過ぎたけれど、あれ以来彼女から接触はない。隆斗先輩からも連絡はなくて、あの夜自体が悪い夢なんじゃないかと思うくらいだった。

先生には、恵さんと会ったことを話せていない。結婚の話が本当なのか確かめなくちゃと思っているけれど、事実を聞くのが怖くもあり勇気が持てなかった。

「ああ、俺は海外の論文をね」

「海外？」

タブレットを覗き込むと、英語がびっしりと書かれている。

目がくらみそうな文字に、思わず彼の顔を見た。

「先生、これが分かるんですか?」

「もちろん。英語とドイツ語くらいはできないとね。仕事にならないだろう?」

そっか……。お医者さんたちって、ドイツ語を書くんだったっけ。もちろん、先生も……。

「しゃべれるんですか……?」

そう聞くと、先生はクスッと笑った。

「しゃべれるよ。海外のドクターとのコミュニケーションは、重要だから」

すごい……。改めて、先生の有能さを知った気がする。

感心したように先生を見ていると、彼はタブレットをテーブルに置き、私の頬に優しく触れた。

「次は、俺から質問。きみは、なにを隠してる?」

「えっ? 隠してるっていうのは……?」

ドキッとしたのは、恵さんが頭に思い浮かんだから。話そうかどうしようか、いまだ迷いがあった。

「悩みごとがあるんだろう？　聞くよ。いつでも話を聞けるよう、ふたりでいるんじゃないか」

先生はそう言うと、私をそっと抱きしめた。

心配させている……。それなら、きちんと聞いてみよう。

一歩踏み出す勇気がなかったけれど、彼が声をかけてくれたことで決心がついた。

先生の体をそっと離し、視線を合わせる。

「先生、いつかドアノブに掛けられていたお花は、どうされたんですか？」

少なくとも、ここで一緒に暮らし始めてからは、見かけていない。

少し緊張気味に答えを待っていると、先生は穏やかな笑みを浮かべて言った。

「返したよ。直接、本人にね」

「返した？」

じゃあ、恵さんに直接返したということ？

「ああ。必要ないものだったから」

「受け取ったら、不都合なことがあったんですか……？」

先生は、どう答えてくれるだろう。とても緊張する……。

「久美は？　矢吹病院の仕事は順調？」

「え？　な、なんで急に……。今は、私が質問してるんですが……」

以前、矢吹病院の話をしたときは、『それより』って言われて、話をはぐらかされたのに……。もしかして、恵さんの病院だから、聞きたくなかったとか？

先生にやましいことはないと信じているけれど、不安が心をかすめる。

「きみの仕事のことが心配でね。それを聞いたら、俺がきみの質問に答えるよ」

先生がなにを考えているのか分からないけれど、きっと私が答えないと教えてくれないと思う。

仕方なく、彼の質問に答えた。

「矢吹病院のお話は、今は保留になっています。先方から、待ったがかかってしまって……」

「じゃあ、話が進んでいないのか？」

険しい表情に変わった先生に、力なく頷く。

「私の力不足だったのかもしれません。でも、頑張りますから。さあ、次は私の質問に答えてくださいね」

努めて明るく振る舞う私を、先生は険しい顔のまま見つめる。

ちょっと怖いくらいで、たじろぎそうになった。

「花が入っていた袋の中を見たか……？」

静かな先生の声に、私は一瞬迷ったけれど頷いた。

こんなところで嘘《うそ》をついたって意味がない。

「勝手に見てしまい、すみません。カードが目について、読んでしまいました」

素直に答えると、先生はゆっくり首を横に振った。

「謝ることじゃない。あのとき、きみに話せばよかったな」

「先生……。それは、恵さんのことですか？」

覚悟を持って尋ねる。ここまでくれば、先生は話してくれるに違いない。

「そう、恵さんのことだよ。もう気づいているかな？　彼女は、矢吹病院の院長の娘さんだ」

先生が迷いなく教えてくれて、どこかホッとする。怖かった気持ちが、少しだけ消えていった。

「はい。もしかして……と思ったんですが、十日ほど前に、恵さんが会社に訪ねてこられて……」

「恵さんが？　なぜ？」

先生の表情がまた険しくなった。

緊張感が走った私は、おずおずと事情を説明する。

彼女が、先生の結婚相手だと言っていたことも話すと、先生は深いため息をついた。

「恵さんはたしかに、父や祖父が結婚相手として考えていた女性だ。だけど、俺は断っている」

「本当ですよね？」

彼を信じていたけれど、心の片隅では疑念を抱いていた。だけど、先生がきっぱり否定してくれて、救われた思いがする。

「本当だ。じゃなきゃ、きみに指輪を贈ったりはしない」

そう言った先生は、私の左手を優しく握る。そして、自分のほうへ引き寄せると私を抱きしめた。

「不安な思いをさせてごめん。俺は、彼女と結婚する気はなかったから、きみに話さなくてもいいと思っていたんだ」

「謝らないでください。私だって、先生のことを心のどこかでは疑っていたと思います……」

彼の背中に手を回し、ギュッと強く抱きしめる。すると、先生はそれに応えるかのように、私の髪を優しく撫でた。

「疑われても、仕方ない。だけど、彼女はどうして久美のことが分かったんだろう」

「え？　先生が話されたんじゃないですか？」

「付き合っている女性がいるとは話したが、きみの名前も含めて、詳しいことはひとつも話していない」

「そうなんですか？」

てっきり、先生が私のことを教えていたのかと思っていた。でも、違うとなると、いったい誰が……？

ソンシリティ病院で私を見たと、恵さんは言っていた。病院で私のことをよく知っているのは、高野さん。それから看護師さんが数名……。でも、恵さんが彼女たちに私のことを聞いて回るとも思えないし。

他に、不審に思われないように私を知るには……。

「まさか、隆斗先輩が？」

先輩なら、恵さんとも顔見知りだから、彼女も声をかけやすいはず。

「きっと、そうだろうな。隆斗を経由して、きみを見かけたという可能性はある」

先生の呆れたような口調に、私は彼の体を押し返していた。

「だとしたら、どうしてですか？　隆斗先輩は、なんでわざわざそんなことを……？」

「あいつ、俺のことが嫌いみたいだから」

微笑んで言う先生に、私は切なくなってくる。

いったい、どういう事情があるんだろう。

聞いてもいいのか迷っていると、先生は続けた。

「俺はソンシリティ病院の次期院長として、祖父母や両親から言い聞かされて育てられた。今回の恵さんとの結婚は、いわゆる政略結婚だ。彼女との結婚で、いずれは矢吹病院をソンシリティ病院の傘下にするのが目的でね。だけど将来院長に立つ俺を、隆斗はおもしろく思っていないようだ」

「そうだったんですね。ご家族の期待は、きっと、先生には大きなプレッシャーだったんじゃ……？」

私には、まるで無縁の話で驚くばかり。すると、先生は小さく首を振った。

「いや、プレッシャーだったのは、隆斗のほうだったと思う。あいつは、そもそも医者にはなりたくなかったから」

「そうなんですか⁉」

さらに驚く私に、先生は説明をしてくれた。

未来の院長候補として育てられている先生と違い、隆斗先輩は先生を支えるために医者になることを望まれていたらしい。だけど隆斗先輩は、自分の意思で未来を決めたいと、反発していたとか。だから、ご両親が反対していた高校に入り、医者とは違う職業を目指していたとのことだった。

結局は、周囲からの圧力に折れた形で内科医の道を選んだみたいだけど、それでも、腕のあるお医者さんになったのだから、さすがだなと思った。

「隆斗は、周りの期待が俺にばかりかかっているのが、おもしろくなかったんだろうな。だけど俺は、あいつを羨《うらや》ましいとも思うよ」

「先生は、隆斗先輩のことをお嫌いではないんですね」

静かな先生の口調から、私はそう思う。すると、先生は穏やかに笑った。

「実の弟だからね。気持ちを尊重してやりたいとは思ってる。だけど、きみを巻き込むなら話は別だな」

「先生……」

先生は、微笑んで唇にキスをした。

「恵さんは、祖父と父の紹介で、一度会ったんだ。父たちも同席してね。そのときに、結婚という言葉が出たから、驚いたよ」

「最初から、それが目的でお会いしたわけじゃないんですか？」

「違う。それなら、最初から行かないよ。病院関係者の方と会うのは、珍しくないからね。情報交換も兼ねて、他病院の院長やその令嬢を交えて食事をすることは、今までもあったから」

「そうだったんですね……」

そうよね。先生が、不誠実なことをするわけがない。

安心したからか、少し肩の力が抜ける。

そこを見抜いた先生が、私の頬を軽くつまんだ。

「疑ってた？」

「えっ？　い、いえ。本当のところはどうなんだろうって、思ったりはしましたが……」

しどろもどろで答える私を、先生はクスッと笑った。

「責めてないよ。むしろ、不安な思いをさせてごめん。きみが、嫌な思いをした。それは、覚えておくから」

「大丈夫です。だって、先生はきっぱり断ってくれたんですよね？　私は、それだけで充分ですから」

「久美……。ありがとう。ただ、きみの仕事のことが気がかりだな」

ふと表情を曇らせた先生に、不安になってくる。

なにか、心当たりでもあるのかな？

「それって、恵さんが関係しているかもって、そういうことですか？」

「分からないけどな。ただ、きみが矢吹病院の営業に指名されたと聞いたときから、少し疑わしいとは思ったんだが……」

だから、初めて話したときに、あまり喜んでくれなかったんだと分かった。

最初から先生は、裏がありそうだと思っていたんだ……。

「恵さんは、嫌がらせのつもりで、私に仕事を頼んできたということですか？」

自分の実力が、認められたわけじゃなかった……。それが分かって、落ち込んでしまいそうになる。

「もしかしたら、そういうこともあるかもしれない。もちろん確証はないが……」

先生は、なにかを考えるように、しばらく黙ってしまった。

私も、過去のやり取りを思い返しながら、心当たりがないわけじゃないと感じていた。金田さんが、最初に恵さんの名前を出していたこと、そして突然の保留。

先生の言う通り、恵さんの嫌がらせなの……？

先生の愛が私を強くさせます

「久美。悪かった。確信のないことなのに、いたずらに動揺させてしまった……」

すまなそうに言う先生に、私は笑顔を向けて、首を横に振った。

「そんなことないですよ。ちょっと天狗《てんぐ》になりそうだったので、よかったかもしれません」

「天狗……？」

不審そうな先生に、私は大きく頷く。

「はい。だって、復帰して結構トントン拍子に仕事が進んでたんですよ。それも、大口受注が矢吹病院から入ってきそうで」

「きみの、評価に直結するんだよな？」

「そうなんです。だから、私ってすごいなぁなんて思いそうだったので。まだまだ、実力が足りない。それが分かって、よかったです」

実績がないのに指名されるなんて、おかしいと思っていた。でも、すべて恵さんが仕組んだことなら、納得できるかもしれない。

「腹が立たないのか？　仕事で振り回されて、突然会いに来られたりもして。特に仕事は、きみの評価に関わることだ」

顔をしかめる先生に、私は微笑んだ。自分のことのように言ってくれる彼に、心は満たされる。

「悔しければ、指名されるほどの実力をつけろ。先生なら、そう言いませんか？」

そう答えると、先生は苦笑をした。

「きみには、負ける。そうだな、久美なら頑張れる。俺は、そう思うよ」

先生はそう言うと、私をギュッと抱きしめた。

彼の温もりがあれば、頑張ることができるから。先生から、真実を聞けて、そして変わらない愛情を伝えてもらえて、モヤモヤしていた心が晴れていく気がする。

もちろん、不安がすべて消えたわけじゃない。それでも、先生とならきっと乗り越えられる。そう思えていた。

「先生、せっかくのお休みですから、仕事の話はもうやめましょう。先生に話したら、だいぶすっきりしました」

「そうだな。じゃあ、どこか出かけようか？　せっかく天気がいいのに、もったいない」

「でも、外に出ると疲れませんか？　ただでさえ、先生は毎日忙しいのに」

体を離し、彼を見つめる。すると、優しく額を指で弾かれた。

「久美と過ごす時間が疲れるわけないだろう？　決まりだな。ドライブに行かないか？　今日は、港でイベントが開かれている」

「イベントですか？　楽しみです！」

なんのイベントだろう。心が躍りそうになる。

ワクワクしながら支度をすると、駐車場へ向かった。


「ヨーロッパの市場を再現したイベントで、陶器や花、それに果物や野菜なんかが売られているらしい」

車を走らせながら、先生がそう説明してくれた。

そういえば、テレビのＣＭで見た気がする。

「素敵ですね。私、食器が欲しいかな……」

「いいんじゃないか？　うちはシンプルなものしかないから、きみの好みに合わせてくれていい」

「本当ですか？　私が決めちゃっても、いいんですか？」

先生が持っている食器は、たしかに白のシンプルなものばかり。それが、彼の好みだと思っていたけれど……。

「構わないよ。むしろ、久美が変えてくれたら嬉しい。あの部屋も、少しは華やかになるだろうから」

「ありがとうございます。じゃあ、素敵な食器を探しますね」

そう言うと、微笑んだ先生が、チラリと私を見た。

私だって、とても嬉しい。

いくら一緒に生活しているとはいっても、あの部屋は先生のもの。好みがあるだろうから、勝手に買い揃えられないと思っていたのに……。

一時間ほどで車は港に着いた。カップルやファミリーで溢れ返っていて、とても賑やか。

先生の高級車はかなり目立つようで、駐車場へ乗り入れると、道行く人の視線を集めていた。さらに、降りてきた先生の姿に、女性たちの視線が向けられている。

「目立ってますね」

背伸びをして先生の耳元で囁くと、彼は私を一瞥した。

「だから？」

「えっ……。だからって、つまりその……」

いつもの優しい先生とは思えない反応に、戸惑ってしまう。

人目を引くほど、先生が素敵……と言いたかったけれど、喜んでもらえなさそう。

すっかり尻込みした私に、先生はクスクス笑いながら耳元で囁いた。

「久美以外の女性には、まったく興味ない。余計なことは、考えなくていいよ」

「あ、分かってたんですか……？」

ドキドキしながら、先生を見る。

彼の吐息が耳にかかったからか、とても意識してしまっていた。

「当たり前。きみが、それを気にしてるのがね」

「さすが、先生……」

私の心は、お見通しみたい。

普段あまり一緒に外出する機会がないせいか、改めて先生の華やかなオーラに気づいた。それに、男性として魅力的な外見も……。

恵さんが、嫌がらせをしてでも、先生と結婚したい気持ちは分からなくもない。

だけど……。やっぱり、先生を想う気持ちは負けないと思うから。

「まずはなにを見ようか？　陶器の店だけでも、いくつかあるな」

港の通り沿いに数キロにわたって、さまざまな出店が並んでいる。衣料品の店などもあるみたいで、歩くだけでも楽しそう。

先生は、私の指に自分の指を絡めると、ゆっくりと歩き出した。

今さら、手を繋がれることに緊張する必要はないのに、なぜかとてもドキドキしてしまう。先生のさりげなさが、余計にそう思わせるのかも……。

「あれ？　先生、あの船って外国のものですか？」

ふと先のほうに、大型の豪華な船が停まっているのが見えた。

「あれは、世界一周をする豪華客船だ。ニュースで見なかったか？　今は日本に立ち寄っていて、二週間後に出航する予定なんだよ」

「そういえば、一昨日くらいに見た気がします。たしか、最後の日曜日は、一般開放をするんですよね？」

客室が千以上あり、動く高級ホテルと言われていた。その船を間近で見られて、思わず見とれてしまう。

もっと近くまで行けば、きっと迫力があるんだろうな。

「レストランフロアが開放されるんだけど、チケットがないと入れないんだ。それも、かなりプレミアものらしい」

「そうなんですか……」

あんな豪華な客船を利用できるなんて、どんな人たちなんだろう。

「行ってみたい？」

先生にそう聞かれ、思いきり両手を横に振った。

「まさか。私には、世界が違う場所だと分かっていますから」

興味はあるけど、うかつに行ってみたいだなんて、口にできない。どれほど、身の程知らずだと思われるか……。

「そうか？　そんなことは、ないと思うけどな」

「いいんです。それより、食器を見ましょうよ」

さすがの先生でも、プレミア付きのチケットを取ろうとはしないだろうけれど、気を使わせたくなくて話を変えた。

私は、どこかへ行きたいとか、なにが欲しいというのはなく、ただ先生のそばにいたい。それだけで充分だから。

「あ、これ素敵なカップ……」

陶器を売っているお店で目に飛び込んできたのは、白地のカップ。赤い実とつる草が描かれていて、品のある感じだった。

すると、お店の年配の女性がニコリとした。

「これは、イギリス製なんですよ。老舗ブランドのもので、かつては貴族の間で使われていたんです」

「そうなんですか⁉」

そんな高価なものが、市場に売られているの？

驚いている私に、先生が優しくカップをひっくり返した。

「ほら、久美。底にブランド名が焼かれている」

「え？」

確認すると、たしかに海外の有名ブランドの名前が書かれてある。

「本当ですね。こんな高価なものも、売られているんですか？」

素朴な疑問をぶつけると、女性はニコニコしながら答えてくれた。

「うちは、輸入雑貨の店なんです。市場は、外国人のお客様も多いし、今回は客船が来ていることもあり、高価なものも置いてるんですよ」

言われてみると、外国人のお客さんも多い。たしか、客船が停泊中は観光できるんだっけ。豪華客船で世界一周するくらいの人たちだから、ブランド物の食器も買うかもしれない。それに、市場という特徴から、定価よりは若干安いみたいだし……。

でも、私が買うには高級すぎるかな。たまたまペアであって、先生でも使いやすそうだったから気に入ったんだけど……。

迷っていると、先生がふと声をかけてきた。

「久美、それが欲しいのか？」

「はい……。でも、ちょっと高いかなって」

やっぱり、やめよう。無理して買ったら、他が買えなくなっちゃう。

カップを置こうとすると、先生がそれを取った。

「こういうのは、インスピレーションも大事だから」

「先生？」

一瞬意味が分からず不思議に思って見た私に、先生は笑みを向けると、お店の人にカップを差し出した。

「これをいただきます」

「ありがとうございます」

カップが丁寧に包まれている間、私は小声で彼に話しかけた。

「先生、すみません。買っていただこうと思っていたわけじゃないんです……」

「いいよ。気にすることじゃないだろう？　だいたい、あれは俺も使うわけだし」

「そうですけど……」

こんなに、先生に甘えてばかりでいいのかな。

先生はカップが入った袋を受け取り、私たちは店をあとにした。

「先生、本当にありがとうございます」

「だから、いいって。さあ、他のものも見よう」

「はい」

今日買ったペアカップは、絶対に大切にしよう。あとはお皿も買って、今夜はとびきりおいしいご飯を作らなくちゃ。

そう決めて、他の店もまわっていく。途中、数店好みの店があり、スープ皿やパスタ皿などを買う。

そして――。

「先生、アクセサリーまでありがとうございます……」

夕方になり、市場も終わりが近づき、私たちは駐車場へ向かう。

結局、今日買ったものは、全部先生が支払ってくれた。それに、最後にはネックレスまで……。さすがに申し訳なくなるけれど、先生は笑みを向けた。

「そのネックレス、久美によく似合う」

「ありがとうございます……」

それは、真ん中にダイヤが埋め込まれた花形のネックレスだった。有名ブランドのアクセサリーショップを通りかかったとき、つい、好みのネックレスに見とれていると、先生が買ってくれたのだ。

「なんだか、先生に甘えちゃってばかりですよね」

車に乗りながら、ため息交じりに言うと笑われてしまった。

「いいじゃないか。きみが喜んでくれるなら、俺は嬉しいけどな。久美の笑顔が見たいんだけど」

私の笑顔……。

そうよね。申し訳ないと思うより、嬉しい気持ちを出すべきなんだ……。

「ありがとうございます。私、どれもとても大切にします。ネックレスも、毎日身につけるので」

彼に向けて微笑むと、嬉しそうに微笑み返してくれた。

やっぱり、『申し訳ないです』より、『ありがとうございます』かもしれない……。

私も先生の笑顔を見ると、嬉しい気持ちになるから。

「こちらこそ、ありがとう。さあ、帰ろうか。そろそろ、ふたりきりになりたい」

「はい……。私もです」

ドキドキする。

こんなふうにデートをするのも楽しいけれど、ふたりきりの時間はもっと楽しみ。

夕陽に染まる海を眺めながら、車は軽快に走っていった──。


「どうぞ、先生。今夜はパスタです。それから、こっちはスープとフランスパンです」

さっそく買ってもらった食器を使い、今夜はイタリアンにしてみた。

ダイニングテーブルに料理を並べると、先生が椅子に座りながら笑みを浮かべた。

「おいしそうだな。それに、料理がお皿に映えている。さすが、久美」

「そんな……。恥ずかしいですけど、嬉しいです」

はにかみながら微笑むと、先生が手招きをした。

なんだろうと思いそばに行くと、腕を軽く引っ張られる。

「今夜は隣で食べないか？　久美とゆっくり食事ができるのって、なかなかないだろう？」

「そうですね。そうします」

先生が、ふたりきりのときに見せてくれる甘い顔。それが私には嬉しくて、胸をときめかせる。

　先生の隣に座り食事をしていると、彼が口を開いた。

「これからもたくさん、今日みたいな時間を過ごせたらいいな。ごめんな、なかなか時間が取れなくて」

「そんな……。私はこうやって、先生のそばにいられるだけで充分です。謝るなんて、やめてください」

　同じ家で暮らしていても、すれ違いで会えない日があるのはたしか。

　でも、それを不満になんて思わない。

「ありがとう。きみの心が離れないように、しっかり繋ぎとめたい……」

　静かに言った先生は、私の手をそっと握った。その彼の手を、もう片方の手で優しく包み込む。

「なかなかゆっくりできないからこそ、ふたりで過ごせる時間は、濃く感じるんだと思います。それも、素敵だと思いませんか？」

「そうだな……。きみの言う通りだ」

　穏やかに微笑んだ先生に、私も笑みを返した。

先生のマンションは、どこの部屋にいても夜景が見渡せる。そんな贅沢な空間なのに、私には先生が一番輝いて見えていた。

「ん……。先生……」

食事もお風呂も終えた私たちは、当たり前のようにベッドで体を重ねる。

彼の愛撫を受けながら、思わず身をよじった。

「久美……。きみがそばにいてくれるだけで、俺はどんなことも頑張れるよ」

囁かれるように言われて、私はさらに体が熱くなってくる。

「それは、私もです。先生がそばにいてくれること以上は、なにも望みません」

そう言うと、彼の濃厚なキスで唇を塞がれた。何度も強く舌を絡められ、息ができないくらい……。

そのうち首筋にキスが移ってきたとき、先生が静かに言った。

「きっと、きみより俺のほうが、そばにいてほしいと思ってる」

「え……？」

ボーッとする頭で聞き返すように返事をすると、先生は穏やかな笑みを見せる。

「離さない、ずっと。だから、久美も俺から離れないでくれ」

「離れるわけ……ないじゃないですか」

涙が込み上げてくるくらいに、先生の言葉が嬉しい。彼の背中に手を回すと、再び唇を塞がれた。

数えきれないくらいの熱いキスと、私の体を優しくなぞる手。そのどれもに、先生の想いを強く感じる。

恵さんがなんて言おうと、私は先生を信じるから。彼のために、もっと強い自分でありたい——。

そう固く決心をした。


「久美、眠い？」

先生との甘い時間が終わり、ベッドの中でまどろんでいると、彼に囁かれた。

「少し……。だって、今夜の先生ちょっと激しかったから……」

先生に抱かれた余韻が残る中で、恥ずかしく感じながらも先生に言う。

彼は微笑みながら、私の髪を優しく撫でた。

「久美に、夢中だったからかな。きみを想えば想うほど、強引に抱いてしまう」

「先生ってば……」

そんなことを言われるととても恥ずかしいのに、先生は照れくささも見せず言葉にする。

だけど、私だって先生に夢中だった。他のことは、なにも考えられないくらいに……。

彼の胸に顔を埋め、目を閉じると、抱きしめられる。そして、先生の声が聞こえた。

「久美が感じているよりずっと、俺はきみが好きだ」

「先生……。私だって、同じですから。先生を想う気持ちは、誰にも負けません……」

彼の温もりの中で、私は眠りについていた——。


恵さんと、もう一度会いたい。

そう決心したのは、先生への気持ちは変わらないと自信を持って言えるから。直接会って、先生と別れるつもりはないと伝えたかった。

といっても、私は彼女の連絡先を知らない。病院へ電話をするわけにはいかないから、先生に聞くしかないのだけれど、恵さんと会うことを言ってもいいのか悩んでしまう。

先生に嘘はつきたくない。だけど、本当のことを話すと心配させるかもしれない。

その葛藤があって、数日経っても決心できずにいた。

そんな日々を過ごしていたとき、神妙な面持ちの杉山課長に声をかけられた。

「小松さん、ちょっといいか?」

「は、はい……」

なんだろう。課長の表情の重苦しさ、そして呼ばれた場所が応接室だったことから、嫌な予感がする。

緊張しながら部屋へ入り、促されるままソファへ座ると、課長が深く息を吐いて言った。

「矢吹病院の案件が、白紙になったんだ」

「白紙……ですか? それは、仕切り直しとかではなくて、お話そのものがなくなったということでしょうか?」

頭が混乱する。

だって金田さんとは商品の絞り込みや、数量や納品のタイミングなど、かなり具体的なところまで話を進めていた。この段階で、どうして白紙になるの?

動揺を隠せない私に、課長は力なく言った。

「理由は分からないが、矢吹病院の上層部から、待ったがかけられたらしい。事務長から連絡があったんだが、そのあとに金田さんからもお詫びをされたよ」

そんな……。まさか、恵さんが？

そんなふうに思いたくないのに、疑惑ばかりが募っていく。

きちんとした理由も聞かされず白紙になるなんて、とても納得できない。

「課長、金田さんに会いに行ってもよろしいですか？　直接理由を聞かなければ……。私に落ち度があるなら、改めたいんです」

こんな勝手な主張が通るか分からない。それでも言わずにはいられなかった。

課長は腕を組み、しばらく考え込んでいる。そして、大きく深呼吸をして私をじっと見た。

「分かった。小松さんの頑張りは、ずっと見ていたから。責任は僕が取ろう」

「ありがとうございます！　理由を、必ず伺ってきます」

簡単に、白紙になんてできない。もし、私のプライベートが会社に影響しているなら、そんなこと我慢できるはずがないから……。

恋か仕事か選ばないといけないですか？

電話をしても、アポを受け入れてもらえるか分からない。それなら、たとえ迷惑でも直接訪問してしまおう。

お昼過ぎ、私は矢吹病院へ向かった。

今となれば、高野さんが『うまくいくといいですね』と言った意味が分かる気がする。先生と恵さんのことを、噂レベルでも知っていたのかもしれない。

先生と一緒にいたい、ただそれだけなのに、どうして周りに迷惑をかけることになるの？

落ち着かない気持ちで病院へ着くと、受付で門前払いを受けてしまった。

「申し訳ありませんが、アポがございませんので」

機械的な口調で話す女性に、私は努めて冷静にお願いをする。

「では、金田さんか事務長にアポを取りたいのですが、ご確認いただけないでしょうか？」

「申し訳ございません。こちらではお繋ぎいたしかねますので、ご自身でお電話をしていただけますか？」

そう言われ、私は肩を落とすしかなかった。

「分かりました。ご迷惑をおかけして、申し訳ありません。失礼いたします」

あの受付の女性、以前訪問したときは愛想よく対応してくれたのに……今日は無表情で、とても冷たい口調だった。

深いため息をつきながら、ゆっくりと病院をあとにしたときだった。

「小松さん！」

金田さんの声が聞こえて、慌てて振り返った。

「金田さん!?」

真剣な表情で走ってくる彼女に、私は半ば唖然としながら立ち止まった。

偶然、見かけて声をかけてくれたのかな……。だとしたら、本当によかった。話ができなければ、なにも分からないままだから。

私に追いついた金田さんは、肩で息をしながら言った。

「受付から、小松さんが来られたと聞いて、慌てて追いかけたんです」

「え？　受付の方が伝えてくださったんですか？」

門前払いだったから、きっと、話してもらえないだろうと思っていたのに。

びっくりしながら金田さんを見つめると、小さく頷いた。

「本当に、申し訳ありません。小松さんとの取引のお話、こんなことになりまして……」

「理由を、教えていただけませんか？　私に、至らない点があったのでしょうか？」

そう聞くと、金田さんは首を思いきり横に振った。

「違います。むしろ、小松さんのホスピタリティの高さに感動しました。だから、ぜひお話を進めたいと考えていたのですが……」

「上の方から、できないと判断されたということですか？」

答えを聞くのを怖く感じながらおずおずと尋ねると、金田さんは数秒黙ったあと意を決したように私を見た。

「実は、最初から架空の業務依頼だったんです」

「え……？」

どういうこと？

絶句する私の様子を窺うように、金田さんは話してくれた。

「院長の娘の恵さんから、私たち事務方に指示があって……」

「恵さん……ですか？」

やっぱり、そうだったんだ……。最初から恵さんの指示だったなんて。それも、架空の依頼だったなんて、憤りすら覚える。

「はい。小松さんを営業担当に指名して、大型発注をするように見せかけろと。だから最初から、断ることも決まっていました……」

金田さんは、かなり苦悩した表情でゆっくり話してくれる。

きっと、彼女もつらいのだろう。私も話を聞いて、いたたまれなくなっていった。

「恵さんは、おしゃべりだから、私たちスタッフは知っているんです。小松さんが、堂浦先生の恋人だということを……」

「そうだったんですか」

そう返すのが精一杯。

「はい。それに、恵さんが堂浦先生と結婚したがっているのも。だから、小松さんに嫌がらせをしていることも……」

金田さんの苦しげな表情を見て、ただただ申し訳なくなった。

「すみません。私のプライベートのせいで、金田さんを巻き込んでしまったんですね」

「そんな……。違います。恵さんは、本当に我儘で……。さっきの受付の女の子だって、本当は小松さんを冷たくあしらいたくなかったんですよ」

「金田さん……」

真剣な表情の彼女に、私は動揺する。

「だから、小松さんが来られたことを教えてくれたんです。私は、小松さんの営業に心を揺さぶられたので、事務長に正式に話を進めるようお願いしました」

事務長も、その話を聞いて恵さんを説得しようとしたらしい。だけど、それが恵さんの怒りを買ってしまったようで、すぐ話を白紙にしろと圧力をかけられたとか。

「事務長も私も、何度も恵さんを説得しようとしたのですが……」

恵さんに対しては父親である院長も弱いらしく、彼女がNOと言えば、その通りにするしかないという。

「だけど、それが嫌で……。私、もう一度交渉してみます。小松さん、少し待っていただけませんか？」

「金田さん……。ありがとうございます」

金田さんにだって、他に仕事があるはずなのに、こんなに手を煩《わずら》わせてしまっている……。

とにかく申し訳なくて、彼女と別れてから、心が鉛《なまり》のように重たかった——。

「……なるほど。そういう事情だったのか」

会社に戻り、応接室で課長に真実を報告する。話すのも恥ずかしいほどだけれど、隠すわけにはいかない。

「本当に申し訳ありません。私のプライベートのせいで……」

頭を下げて謝罪をすると、課長の優しい声が聞こえてきた。

「小松さんが、事故に遭って悔しい思いをしたことも、それを取り返すように頑張っていたことも知っている。きみのせいじゃないよ」

「課長……」

頭を上げると、課長は頷いた。

「部長には、僕からうまく伝えておく。小松さんの必死さが、金田さんを動かしたんだろう。果報は寝て待てだ。しばらく、様子を見よう」

「ありがとうございます……」

とはいえ、恵さんが金田さんの話を受け入れてくれるのか自信はない。先生との結婚にこだわっているみたいだし……。

課長は、私が考えていた以上に、私を見てくれていたんだ……。入院していたとき、自暴自棄になっていたことが情けない。

それが間違っているよと、教えてくれたのは先生で、そこから私はここまでこられた。

会社にも一課にも、恩返しできると思っていたのに……。

落ち込み気味に応接室を出てデスクに戻っていると、他課の女子社員の声が聞こえてきた。

「小松さんって、本当に迷惑。営業部、外れればいいのにね」

矢吹病院の一件は、他課にも知れ渡っている。大口受注は、課だけでなく営業部全体も活気づくものだから、周りの期待値も大きい。それだけに、白紙になるのは、かなり痛手だった。

恵さんの事情を知らないみんなは、私の能力不足だと考えていて、私への態度はきつくなっていた。だけど能力不足は否定できないし、私的な理由が原因なのだから、反論する余地はない。

やっぱり直接、恵さんに話をしよう。

迷いが吹っ切れた私はその夜、会社を出てから駅のホームで隆斗先輩にメールをした。それは恵さんの番号を聞くためで、先輩はすぐに返事をくれた。彼女の携帯番号とともに、堂浦先生とは早く別れたほうが私のためだと書かれている。

どうして先輩までが、先生と私の仲を反対するのだろう。恵さんとの結婚には、賛成みたいだけれど……。

とにかく、恵さんに電話をして話をしよう。今夜も先生は遅いから、電話をするにはちょうどいい。

帰宅するとリビングのソファに座り、手が汗ばむほど緊張しながら、教えてもらった番号にかける。数コール後、恵さんの声が聞こえた。

《はい、矢吹です》

恵さんに電話をしたのだから、彼女が出て当たり前なのに、とても緊張してしまう。

「こんばんは。突然、すみません。小松です」

どんな反応をされるかな……。不安でいると、恵さんは明るい声色になった。

《小松さん、ちょうどよかったです。私からも連絡しようと思っていたの。あなたを、ぜひ招待したいところがあって》

「招待……ですか？　あの、その前に仕事のことでお話ししたいんですが……」

どこに招待してくれるというのだろう。気になるけれど、今はそれどころじゃない。

仕事の話をしなくちゃ……。

《仕事？　ええ、いいですよ。矢吹病院の発注の件ですよね？》

途端に恵さんは、挑発的な口調になる。

だけど、怯《ひる》んではいけない。気を引きしめ直し、スマホを強く握った。

「考え直していただきたいんです。担当が私であることがご不快でしたら、担当者を変えます」

もう私の評価はいい。せめて、一課や会社に貢献できるなら、それでいい。

先生が言っていたもの。組織に、必要とされるようになれって……。

そのためにに、恵さんを説得できれば……。

《そうね。別に、小松さんが担当でもいいんですよ？　そこが問題なんじゃなくて……》

「えっ？　じゃあ、なにがいけないんでしょうか？」

答えを待っていると、彼女は淡々と言った。

《柊也さんと、別れてください。それだけです》

先生と別れる……？　そんなこと、できるわけがない。

絶句していると、恵さんは続けた。

《一週間待ちます。一週間後に、小松さんを招待したい場所があるので。そこで、答えを聞かせてください》

「え……？」

どういうこと？

詳しいことはなにも話さないまま、恵さんは電話を切った。

発注の条件が先生と別れることだなんて無茶苦茶すぎる。だいたい先生は、恵さんと結婚する気はないのよね。それなら、もし私が先生と別れたって、意味はないはず……。

「ただいま、久美。どうしたんだ？　スマホを握りしめて」

「せ、先生⁉　早いですね。お帰りなさい」

思っていたより、彼の帰宅が早いことに驚いてソファから立ち上がる。よかった、恵さんとの電話は聞かれていなかったみたい。

「ああ、今までなら少し病院で休憩して帰っていたんだけどな。きみがいると思うと、早く帰りたくなった」

「先生……」

そう言ってもらえて、心から嬉しくなる。

疲れた顔も一切見せない先生に、私は微笑みを向けた。

「先生、お疲れでしょう？　さっき、お風呂が沸いたばかりなんです。先に入ってきてください」

するとと先生は私をソファに座らせ、自分も隣に座ると唇にキスをする。そして、優しく私を見つめた。

「久美も、帰ってきたばかりなんだろう？　一緒に、風呂に入らないか？」

「お、お風呂ですか!?」

思いきり動揺する私と違い、なんだか先生は楽しそうだ。

「そう。一緒に入ったことないだろう？　風呂からも夜景が綺麗だから、ふたりで見よう」

そう言った先生は、半ば強引に私の手を取った。

「本気……なんですよね？」

顔が、赤くなっていくのが分かる。

引っ張られるようにバスルームに行くと、先生は微笑んだ。

「冗談だと思った？　きみをここまでからかうほど、俺は意地悪じゃないよ」

先生はそう言いながら、シャツを脱いでいく。

逞しい彼の胸はだいぶ見慣れた気がするのに、直視できないほど恥ずかしい。

視線を逸らしていると、彼が耳元で囁いてきた。

「ほら、久美も脱いで」

小さく頷いた私は、ゆっくり服を脱ぐ。

とても照れくさくて、思わず両手で胸元を隠すと、お風呂へ入った。

バスタブに入りながらでも見下ろせる夜の街の景色は、今夜も輝いて綺麗……。

ふたりでお湯に浸かったものの、先生の顔を見ることができず、夜景にばかり目をやっていた。

「久美……。なんで、外ばかり見てるんだ？」

先生が後ろから抱きしめてきて、私の鼓動は速くなる。さらに、うなじにキスを落とされ、体がピクンと跳ねてしまった。

「さっきも考えごとをしていたみたいだし、なにかあったのか？」

「え？　あ、あの……」

まさか、それを聞くために私をお風呂に誘ったの？

肩越しに振り向きかけると、先生はさらにギュッと抱きしめた。

「いいよ、俺の目を見て言いづらければ、このままで」

「先生……」

そんなに、私のことを考えてくれているの……。

目の前の輝く夜景も、先生の優しい心を感じていると、ただの景色にしか映らない。それだけ、先生さえいてくれたらいいと思える。だからこそ、恵さんの要求は理不尽すぎる……。

「仕事でいろいろあって……。でも、大丈夫です」

「恵さんのこと?」

さすが、先生は鋭い……。どう答えればいいだろう。

恵さんから、先生と別れろなんて条件を出されていることは話しにくい。それを聞けば、先生は責任を感じて苦しむだろうし、あくまで、私の仕事のことだから……。

「恵さんのことは気にはなりますけど、それと仕事は別ですから。だから、大丈夫です」

先生に心配をかけたくない。自分の力でなんとかしたい。

私の返事を聞いて、先生はゆっくりと自分のほうへ振り向かせた。

「本当に? 俺に、遠慮はダメだよ?」

近くに先生の顔があって、ドキドキしてしまう。心配性で優しい先生に、小さく頷くとキスをされた。

体が熱くなっていくのは、お湯にのぼせているからじゃなく、先生のキスのせい……。

素肌で抱きしめ合いながら、私たちはキスを続けた――。

私は恵さんにどう答えるべきか、そればかりを考えていた。

先生とはなにがあっても別れられない。それなら仕事を諦めるしかないの？　だけど……。

その思いが交錯して、答えが出せないでいる。

悶々としながら仕事をしていると、同じ課の女性社員たちの会話が聞こえてきた。

「杉山課長って、今朝かなり部長に叱られていたんでしょ？　気の毒」

「矢吹病院の件よね？　そりゃあ、あれだけの大型案件が白紙になるかって事態なんだから仕方ないよ」

「全部、小松さんのせい」

これみよがしに話してくるのは腹立たしいけれど、課長のことは知らなかったから驚いてしまった。

私のせいで課長が……？

パソコンを打つ手が、自然に止まる。

「へたしたら、来期は課長は左遷《させん》じゃない？　せっかく、花形一課の課長なのにね」

そんな……。矢吹病院の件は、私のせいで、課長にはなんの責任もないのに。

焦る気持ちも込み上げてきたとき、ふと課長の言葉を思い出す。

『僕が責任を取ろう』

それは、こういうことだったの……？

事故で入院をしたとき、私は自分がもう必要とされていないと思っていた。でも、思い返せば、課長はすぐにお見舞いに来てくれて、復帰後も親身にフォローをしてくれた。会社の中では一番近くで私を応援してくれていたのに、私のせいで課長の評価が下がるなんて絶対に嫌……。なにがなんでも、恵さんを説得したいけれど……。

「小松さん、郵便です」

「あ、ありがとうございます」

郵便？　なんだろう。

事務の女性から渡された茶封筒には、差出人の名前もない。

丁寧に封を開けると、中にはチケットらしきものと、一枚の便箋が入っていた。

手紙には、今週の日曜日に開かれる船上パーティーへ招待する旨と、恵さんの名前が書かれていた。

「これって……」

先生と港の市場へ行ったときに見た豪華客船……。そこに、どうして恵さんが私を？

手紙には、その日に以前話した〝条件〟の答えを聞きたいと書いてある。それ以外に詳しいことは書かれていなかった。

それでも、とにかく行ってみよう。恵さんに会わなければ、なにも始まらないのだから。

恵さんは、取引条件に先生との別れを希望している。だけど事故で絶望の淵《ふち》にいた私を、救ってくれたのが先生だった。

彼からの愛も、私が彼を想う気持ちも、誰にも邪魔させない。

それに、課長の一件を聞いてから、なにがなんでも矢吹病院との取引を成功させたいとの思いも強くした。

恵さんには先生と別れないこと、そして取引を結んでほしいことを伝えるつもりだ。もちろん、簡単にはいかないだろうけれど。

でも、どちらも諦めることはできない。私にとっては恋も仕事も、両方かけがえのないものだから……。

大事なものを離しません

「久美も、明日は予定があるんだな。ちょっとホッとしたよ」

土曜日の夜、病院から帰宅した先生がそう言った。

恵さんと会うとは言えなかったけれど、出かけるとだけ伝えている。

先生は自分も休みなのに、私と一緒に過ごせないことを申し訳なく思ったみたい。

私は作った晩ご飯をダイニングテーブルに並べながら、彼に小さく微笑んだ。

「明日のことは気にしないでくださいね。先生はお友達と会うんですか？」

すると、彼はダイニングチェアに座りながら、首を小さく横に振った。

「いや。父に呼び出されてね」

「院長先生にですか？」

まさか、恵さんのこと？　それとも、まったく違うこと……？

驚く私の手を、先生は優しく握る。

「そんな、不安な顔をしなくて大丈夫だ。きみが心配することは、なにもない」

「先生……」

先生はこうやって、いつでも私を安心させようと、力強い言葉をかけてくれる。

それなら私も、明日は覚悟を持って、恵さんに会おう。納得してもらえるまで、帰らないくらいに……。

「じゃあ、明日はお互い別行動だな。夜は帰ってこられるんだろう？　久美に話したいことがあるんだ」

「私にですか……？　実は私も、先生にお話ししたいことがありまして……」

私に話って、いったいなんだろう……。気になるけれど、彼の穏やかな笑みを見ていると、よくない話ではないみたい。

私もそのとき、恵さんと会ったことを話そう。

いい報告になるといいけれど……。

彼女と会うことにやっぱり不安を感じながら、先生との時間を過ごした。

これまでの先生との時間が、私を強くさせたから。

きっと明日は、勇気を持って恵さんに会える……。

翌日、空は気持ちいいくらいに晴れ渡っていた。

先生は、院長先生と午前中に約束をしているそうで、八時には家を出ていった。彼の実家に向かうらしい。

私は十一時半に恵さんと会う予定になっていて、支度をするとタクシーに乗り込んだ。

客船が停泊している港に着くと、先生と一緒に行った市場はもうなくなっていて、船を見に来た人たちがちらほらいるくらい。

船の入り口では、警備員らしき人が厳重に出入りする人をチェックしている。

豪華客船ということで、以前友人の結婚式に着ていったドレスを急きょ引っ張り出した。ベージュの膝丈ワンピースで、胸元にラインストーンがちりばめられている。

とはいっても、浮いたらどうしようか不安だったけれど、ドレスアップした人たちが多くてホッとする。

入り口で、恵さんからもらった招待状を見せると、別の男性クルーが案内してくれた。

一般利用者が使える場所は限られているようだけれど、高級ホテルを思わせる螺旋《らせん》階段や、吹奏楽の生演奏など、船の豪華で贅沢な雰囲気は充分味わえる。

「こちらでございます。すでに、皆様お着きになっていますので」

個室らしきドアの前で止まったクルーが、静かにノックをしている。

皆様って、恵さんだけじゃないということ？

状況が飲み込めない私は、クルーに促されるまま中に入る。

日差しが明るい部屋には大きなテーブルがあり、すでに数人の男女が座っていた。

その中には堂浦先生の姿もある。

「久美⁉　どうして、きみがいるんだ？」

スーツ姿の先生は驚きを隠せないようで、慌てて立ち上がっている。

「先生こそ、どうして……」

混乱する頭で視線を動かすと、中年の男性と女性が、それぞれ二組いる。それに端には隆斗先輩も……。さらに先生の隣の席には恵さんがいて、中年の男女が先生と恵さんのご両親なのだと分かった。

ソンシリティ病院の院長先生は初めて会ったけれど、先生によく似ている。それに、お母さんのほうは先輩と面影がそっくり。

そういう人たちが集まる中で、どうして私が呼ばれたの？

ドア付近で立ち止まる私のそばに、先生は心配そうに駆け寄ってきた。

先生と恵さんのご両親は、私をかなり怪訝な顔で見ている。

戸惑いと緊張で言葉が出ないでいると、スッと立ち上がった恵さんがこちらに来た。

「小松さん、答えを持ってきてくれたんですよね？」

「答え……？」

真っ先に不審げな反応をしたのは先生で、恵さんに険しい顔を向けた。

「ええ、そうです。小松さんは、仕事を取るか、柊也さんを取るか悩んでいたんですよね？　答えは出ましたか？」

私を冷ややかな目で見た恵さんに、先生はさらに続ける。

「恵さん、どういうことですか？」

「それは、小松さんからお話しになります？　あなたの問題ですものね」

クスッと笑った恵さんは、ご両親たちが座っているほうへ振り向いた。

「おじ様、おば様。柊也さんとの結婚は、この方が身を引くことで、実現できます。ご安心くださいませ」

ご両親たちはなにを言うでもなく、私を見つめている。先輩も黙ったまま、無表情で私を見ていた。

「久美、話してくれないか？」

先生にそう言われ、私はゆっくりと説明をした。矢吹病院との取引の話が白紙になりそうなこと、そこに上司の進退がかかっていること、恵さんに先生と別れることを条件に出されたことなどを素直に話すと、先生は大きくため息をついた。

「恵さん、あなたがそんな汚い手を使う方だとは思いませんでした」

「汚い……？　私は、ビジネスとして取引しただけです。小松さんは、今日答えを持ってきてくださいました。内容によっては、すぐに父から取引の許可をもらいますわ」

　そっか……。恵さんは、みんなが見ている前で、私に答えを出させたいんだ。だから、わざとここへ呼んだ……。

　だけど、先生は実家に帰っているとばかり思っていたのに、どうしてここにいるんだろう。

　もしかしたら、もともと両家が集まる予定だったのかもしれない。だから、恵さんは私を呼んだ……。

　この状況に、動揺しないわけはないけれど、先生のご両親や先輩、それに恵さんのご両親も揃っているのだから、逆によかったかも……。

　ここで、私の気持ちを素直に伝えよう。先生も仕事も、どちらも大切だと。

　恵さんに頭を下げてでも、取引をお願いしなくては。そして、先生への想いも分かってもらわないといけない……。

「恵さん、どうかタチバナ飲料との取引を前向きに考えてください。仕事は私にとってとても大事なものなんです」

ゆっくりと、でも強くそう言うと、恵さんは冷ややかな目で私を見た。

「ということは、柊也さんと別れてくれるということよね？」

「いえ。先生とは別れません。これからは、私は、事故に遭って絶望のどん底にいたところを、先生に救われました。これからは、私も先生を支えていきたいんです」

まっすぐ彼女を見つめると、恵さんの頬が赤くなっていくのが分かる。かなり、怒り心頭のようだった。

「なにを、虫のいいことを言っているの？　そんな要求が、飲めるはずないじゃない」

強い口調の恵さんに、一瞬たじろぎかけるけれど、自分自身に活を入れる。

彼女の反応は想定の範囲内。ここで、私が引いてしまってはいけない。

「私も、恵さんの要求は飲めません。お願いします。取引を、もう一度考え直してください」

しんと静まり返る部屋で、私は頭を下げる。するとしばらくして、優しく誰かに頭を撫でられた。

「久美、頭を上げて。俺だってきみと別れるなんて、考えてもいないよ」

優しい先生の言葉が聞こえて、胸が熱くなってくる。

ゆっくり顔を上げると、先生の穏やかな笑みが見えた。

「昨夜、俺から話があると言ったろう？　この場で伝えることは不本意だけど、ちょうどいいかもしれない」

そう言った先生は部屋の奥にあるクローゼットを開け、鞄の中から小さな箱を持ってきた。

彼の行動の意味が分からなくて、恵さんも唖然としている。その彼女のそばを通り過ぎた先生は、私の前でその箱を開けた。

「先生、それは……？」

中には、まばゆい光を放つ指輪が入っている。花のモチーフで、ダイヤが無数にちりばめられている。

「きみへプロポーズするために頼んでおいた指輪だよ。デザインはオリジナルだから、世界にひとつしかない。今朝、店に取りに行ってきた」

「プロポーズ……？」

まさか、先生がそこまで考えていたなんで、まるで想像もしていなくて頭が混乱する。

呆然と指輪を見つめていると、横から甲高い声が聞こえてきた。

「待って、柊也さん！　私との結婚は、どうされるんですか？」

恵さんは、先生の腕をすがるように掴む。だけど彼は、冷たく振りほどいた。

「彼女への愛も、想いも、揺らぎはしないとこれで分かってもらえたはずです。それに僕は、あなたと結婚しないと先ほどもきっぱり言いましたよね？」

先生はいつも通り冷静な口調だけれど、言葉に怒りが込められているのが分かる。けれど、ほとんどパニック状態の恵さんは、さらに先生に迫った。

「じゃあ、彼女の仕事はどうなるんですか？　うちとは、大型契約になる予定だったんですよ？」

「それなら、ソンシリティ病院でお願いしますよ。彼女やタチバナ飲料の評判は、うちではいいのでね。そこは、僕がなんとでもします」

口角を上げる先生の表情は、どこか挑発的……。

恵さんを見たあと、先生は穏やかな目で私に視線を移した。

「きみの様子がおかしいのは、気づいていたよ。今夜、恵さんと会ったことを話すつもりだったんだろう？」

「先生……。はい、その通りです」

やっぱり、気づいていたんだ。本当に、いつだって私のことを分かっちゃうんだから……。

「俺の話は、プロポーズだ。受けてくれるだろう?」

「先生……」

涙が込み上げそうになるのを、必死に抑える。

「返事を聞かせてくれないか?」

先生からの思いがけないプロポーズは、言葉では表せないくらいに嬉しい。すぐにでも受け入れたいけれど、恵さんのことが気になり即答できない。

さすがに、目の前でプロポーズを受ける私を見るのは、酷だと思うから……。

言葉に詰まっていると、恵さんのお父さんである矢吹院長が口を開いた。

「小松さん、でしたね。自分の気持ちに、正直になりなさい」

「お父さん!　なんてことを言うの?」

恵さんは、感情的に院長に詰め寄っている。頬はさらに赤くなり、かなり熱くなっているようだった。

だけど矢吹院長のほうは、とても落ち着いている。

「まさかお前が、自分の立場を利用して、うちのスタッフやよその会社に迷惑をかけていたとは思わなかった」

ふくよかな矢吹院長は、諭すように恵さんに言った。その表情は、どこか険しい。

「恵、柊也くんのことは諦めなさい。彼には、すでに心に決めた人がいる。それに、事務長や事務方から、お前に対しての苦情が、私のところまで届いているんだよ」

「え？」

呆然とする恵さんに、院長は話を続けた。

最初は、恵さんの指示で動いていた金田さんは、私と直接会って、白紙にすることが前提の取引に良心が咎《とが》めたらしい。それで事務長と相談し、正式に取引を進めようとしたところで、恵さんから中止にするよう圧力がかかったとか。事務長も金田さんも、タチバナ飲料に白紙を申し出たことを、とても気にしているとのことだった。

「だってあの人たち、突然私の命令を聞かなくなったのよ？　聞けば、小松さんに心惹《ひ》かれたとか……。あり得ないわ」

「だから、彼女に嫌がらせをしたのかね？　恵、もう恥の上塗りをすることはやめなさい」

「そうですよ、恵。なんて恥ずかしいことを……」

院長夫人も顔をしかめ、首を横に振っている。

そんなふたりを見た恵さんは、焦ったように隆斗先輩に視線をやった。

するると先輩は、冷ややかに口を開いた。

「負けだよ、恵さん。やり方が、露骨すぎたね」

そう言って立ち上がった先輩に、今度は堂浦院長が驚いたように声をかける。

「どういうことだ？　隆斗、お前は恵さんと結託していたのか？」

「ああ、そうだよ。ちょっと兄貴に嫌がらせをね。だって、兄貴は我儘じゃないか」

先輩の言葉に、それまで黙っていることしかできなかった私は、思わず会話に割り込んでいた。

「先輩、どういう意味ですか？」

すると先輩は、私を一瞥した。

「病院を大きくしたいなら、おとなしく恵さんと結婚すればいいんだよ。兄貴は、小さな頃から大事に扱われてきた。なにもかも手に入れて、結婚相手まで自分で自由に選ぼうとしている。それは、かなり自分勝手なことだろ？」

「だからって……」

「将来も約束されて、病院経営も意のまま。結婚相手くらいは、我慢してみればいいのにさ」

先輩は鼻で笑うように言い、先生を一度だけ見ると、ドアを開けた。

「じゃあ、俺は帰るから。どうせ、収まるところに収まるんだろ？　またな、久美ちゃん」

ひらひらと手を振った先輩は、部屋を出ていく。と同時に、先生のため息が聞こえた。

先生は指輪の入った箱をテーブルに置くと、矢吹院長夫妻の前へ行った。

「大切なお嬢様の結婚相手として、僕を選んでいただけたのは非常に光栄だと思っております」

ゆっくりと静かにそう話す先生を、堂浦院長夫妻も立ち上がって見守っている。

一方の恵さんは、少し青ざめた顔で呆然と立っていた。

「ですが、僕には愛する女性がいますので、ご期待に添うことはできません。申し訳ございません」

深々と頭を下げる先生の肩を、矢吹院長は優しく叩いた。

「ずっと拒まれていたから、覚悟はしていたよ。それに、堂々と彼女との仲を見せつけられては、諦めざるをえない」

「お父さん、そんなのひどいわ」

涙目の恵さんは、院長に意見しようとしていたけれど、それを院長夫人に制された。

先生は、ずっと頭を下げたまま。私は、自分がどうしたらいいか分からなかったけれど、彼の隣に駆けた。そして、矢吹院長をまっすぐ見つめる。

「矢吹院長、本当に申し訳ありません。私が自分の気持ちを早く伝えなかったから、恵さんを混乱させたんだと思います」

「いやいや、あなたには不愉快な思いをさせたね。事務の金田さんがね、あなたの人柄を褒めていたよ。取引の件は、前向きに進めよう」

「ほ、本当ですか？」

思わず目を丸くした私に、矢吹院長は頷いた。

「あなたの上司には、私から連絡しよう。だからあなたも、柊也くんとのこれからを大事にしなさい」

「はい。ありがとうございます……」

頭を下げた私は、涙が溢れそうになる。

まさか、矢吹院長に理解してもらえるなんて……。

「では柊也くん、そして堂浦さん、大変お騒がせしました。これからも、同じ医療に携わる者同士、協力し合いましょう」

「はい、温かいお言葉をありがとうございます」

先生と堂浦夫妻が見送りをする中、矢吹院長夫妻と恵さんは部屋を出ていった。

恵さんは先生との結婚に希望を持っていたのか、矢吹院長の言葉に放心状態だった。

だけど、これで先生との結婚話は、完全になくなった……。

「小松久美さんといったね。柊也から話を聞いていたよ。大変な騒動に巻き込んでしまってすまなかったね」

堂浦院長に声をかけられ、私は背筋が伸びる思いで視線を合わせる。

優しげな眼差しは、先生にそっくり……。

「とんでもないです。ご挨拶が遅れまして、失礼いたしました。改めまして、小松久美と申します」

「久美さん、今日は驚いたでしょう？　私たちも、まさかいらっしゃるとは思わず、びっくりしました」

院長夫人は、そう言って穏やかに微笑んでいる。院長夫妻は、先生と私の交際に反対じゃないのかな……。

かなり緊張しながら、院長夫人に答えた。

「まさか、院長ご夫妻や堂浦先生がいらっしゃるとは思いませんでした。今日は恵さんと、ふたりで会うつもりだったので」

「あなたは強いんだな。そんなに、仕事も大切なのかね？　なぜ？」

堂浦院長に聞かれ、少しだけ先生に目をやった。

「柊也先生に、助けてもらったからです。先生に出会わなければ、今こうして仕事を頑張れていませんでした」

「柊也に？」

問われた私は、入院中の出来事を話す。

自暴自棄になった私を、先生が救ってくれたこと。だから仕事を諦めずにいられたこと。そして応援してくれている上司に、これ以上迷惑をかけたくなかったことを説明した。

「だから、どちらかを選ぶことはできませんでした。先生も仕事も、両方離したくないんです」

それが、私を支えてくれた先生に見せられる、精一杯の成長した姿だと思ったから……。

「意志の強いお嬢さんなんだな。柊也も、彼女と話したいことがあるだろう。私たちは帰ろうか」

矢吹院長は夫人に目を向ける。すると、院長夫人はにこやかに頷いた。

「そうですね。では、久美さん。またお会いしましょう」

夫人に声をかけてもらい、深々と頭を下げる。院長も部屋を出る間際、穏やかな笑みを見せてくれた。

「久美さん、柊也をお願いするよ。隆斗には、私たちからお灸を据えておく」

「ありがとうございます。これからも、どうぞよろしくお願いいたします」

夫妻を見送って、部屋には先生とふたりきりになる。予想外の展開ばかりで、頭が追いついてこないけれど、彼の微笑みを見て少し落ち着いてきた。

「久美の気持ちは伝わってきた。仕事を頑張りたいきみも応援する。だから、これからもそばで見守らせてもらえないか？」

「先生……。ありがとうございます」

私だって、これからも先生の隣にいたい……。

すると先生は、指輪の箱を持って再びそれを開けた。そして、指輪を取り出す。

「久美、俺と結婚してほしい。きみのそばで、きみを守り続けたい」

「先生……。本当に、私でいいんですか？」

今さらながら自信なくそう言うと、先生はクスッと笑った。

「久美でなければ、いけないいんだよ。きみを離したくない。俺のものになって……」

左手薬指に、指輪がはめられる。指からこぼれ落ちそうなダイヤを見つめながら、涙が一筋流れた。

「はい……。私も、ずっと先生のそばにいたいです。よろしくお願いします……」

涙声で答えると、先生に抱きしめられた。

先生との幸せな日々が続いていきます

「あーあ。久美ちゃん、本当に兄貴と結婚するのか。でも、式は十二月なんだよな？　まだ三カ月は先だし、考え直す時間はあるんじゃない？」

穏やかな日曜日の昼下がり。

先生のマンションにやってきた隆斗先輩は、ソファで大きくため息をついた。

紅茶を出しながら、私は苦笑するしかない。

そんな彼に、向かいに座っている先生はしかめっ面をした。

「隆斗、お前少しは反省してるのか？　だいたい、お前が恵さんにけしかけたりしなければ、あそこまで彼女は暴走しなかったかもしれないんだぞ？」

先輩は、あの船での出来事のあと、堂浦院長夫妻に問い詰められて、いろいろと白状したらしい。

先生との結婚を考えていた恵さんは、早々に先輩に相談してきた。先生がどんな女性が好みで、どういうことをすれば喜ぶかなど、いわゆる探りを入れてきたのだ。

その中で、私の存在を知った恵さんは、私に嫌がらせをして、先生のことを諦めさせようとしたらしい。いつか恵さんにホテルに連れていかれたのも、先輩と手を組んでいたから。だからあのとき、先輩と〝偶然〟会ったのだと、今になって分かった。

病院で、恵さんに私を教えたのも先輩だったとのことで、先生は「やっぱりな」と呆れている。

「だってさ、兄貴は本当にずるいんだよ。父さんと母さんは、兄貴にばかり肩入れして、挙句俺には兄貴を支えろって、そればかりだ」

先輩は、ご両親に対して寂しい思いがあったのかな……。

それを聞いてみたかったけれど、きっとプライドを傷つけるだろうなと考えて、その疑問を飲み込んだ。

私は先生の隣に座ると、先輩に目を向けた。先輩は紅茶を飲みながら、ムッとしている。

今回、恵さんとのやり取りを知った院長夫妻にこってり絞られて、ここへやってきたらしい。なんだかんだで、お兄さんである先生を頼りにしているんだなと分かっただけでも私は少しホッとした。

「なに言ってるんだよ。父さんも母さんも、隆斗には甘いじゃないか。俺は子供の頃、それが不満だったけどな」

「え？」

先生の言葉が思いがけないものだったのか、先輩は紅茶のカップをテーブルに置いた。

「俺のことは、未来の院長候補だと言って、父さんたちは厳しく当たってたろ？　だけど、お前のことは、甘やかし放題。気づいてなかったか？」

「だ、だけど、結局、俺は兄貴を支えろと、医者の道に進められた」

「それは、お前がフラフラしてたからだ。高校生の頃は、母さんはいつも隆斗のことばかり心配してたんだ。親心ってやつだよ」

先生の言葉に、隆斗先輩はしばらく黙っていた。

兄弟仲がよく見えなかったのは、ボタンの掛け違いみたいなもの……。

そう思えたら、私も自然と笑みを浮かべていた。

ここへ来たときより、先輩の顔は晴れ晴れしている。先生と話ができてすっきりしたのか、そのあと先輩は「もう帰るよ」と立ち上がった。

先生と玄関まで見送りに行くと、靴を履いた先輩が私をすまなそうに見た。

「久美ちゃん、いろいろごめんな。いつか言ったこと、あれは俺の作り話だから」

「言ったこと……とは？」

先輩に言われたことは、それなりにたくさんあるから、なんのことかすぐには分からない。

すると、先輩は先生を恐る恐る見てから言った。

「ほら、兄貴は病院のことばかり考えて、久美ちゃんを裏切るとか言ったこと……」

「お前、そんなことまで……」

すっかり呆れ果てた先生は、隆斗先輩を睨んでいる。その反応に、先輩は小さくなった。

「分かっています。先生がそんな人じゃないことは、よく分かっていますから」

笑顔で答えると、先輩はぎこちないながらも笑みを返してくれた。

「あ、それと隆斗。俺たち、籍はもう入れてるから。式が十二月なだけ」

「ええ⁉　そ、そうなのか？　いつの間に……」

驚く先輩に、先生は涼しげな表情を向ける。

「今朝だよ。久美のご両親にも、ご快諾いただいたからな。挙式は、勤務の都合でもう少し先だけど、久美はもう俺の妻だから。じゃあな、隆斗」

先生は軽く混乱気味の先輩の背中を押し、半ば無理やり玄関から追い出した。

「やっと、ふたりきりになれた」

先生は鍵を閉めると、私の手を取り、リビングに戻る……のかと思ったら、そのままベッドルームに連れていった。

「先生、隆斗先輩のこと、大丈夫ですか?」

どうしてベッドルームなんだろうとドキドキしつつ、先輩のことも心配で聞くと、彼は唇にキスを落とした。

「大丈夫。あいつ、こっちが思うよりずっとタフだから。それより、やっときみが俺のものになったんだ。隆斗の話は終わりにしよう」

そう言いながら、先生は服の上から私の胸に触れる。

「せ、先生……」

ピクンと体が反応する。

舌を絡める濃厚なキスを交わしながら、先生は私をベッドへ押し倒した。

「夜まで、待てない……」

「あ……先生……」

体が熱くなってくる。体中にキスを落とされ、甘い声が漏れてきた。

「お互い、明日からまた忙しいだろう? 今日からきみは、俺の妻なんだ。遠慮なく抱かせてもらう」

そう、明日から先生は当直や学会などで多忙になる。

そして私も、白紙になりかけた矢吹病院の案件が復活し、正式契約に向けてすり合わせをすることになっている。恵さんは、〝ソンシリティ病院の次期院長夫人の座〟を失って、かなり意気消沈していると金田さんから聞いた。

私が今日入籍することは会社にも伝えていた。かなり驚かれ、〝スピード婚〟として噂の的になっている。やっかみも聞こえてくるけれど、周りの声はもう全然気にならない。先生がそばにいてくれれば、強くなれると気づいたから。

出会ってからの時間の長さより、その間にどれだけ心を通わせられたかが大事。

彼に出会って、そう思う。

私はこの先、彼を知れば知るほど、心を惹かれていくのが確信できるから。時間の長さだけが大事じゃないと、胸を張って言える。

「ん……。先生……」

彼の愛撫に応えていると、少し乱れた息遣いで囁かれた。

「いつまで、〝先生〟なのかな？　そろそろ、名前で呼んでほしい」

首筋にキスが移り、私は照れくさいながらも口にした。

「柊也さん……」

「よくできました。久美、愛してるよ。きみを、絶対に離しはしない」

微笑みながら見下ろす柊也さんに、私も微笑んだ。

「私も愛しています……。絶対に、離れませんから……」

お互いの唇が重なり、想いを確かめ合う。言葉だけでは足りなくて、素肌の温もりを求め合いながら、溢れる気持ちを感じていた。

きっとこれからも、ふたりで支え合えると信じている。

彼に導かれながら、絶え間ない愛をもらって、そして私も与えて……。

いつまでも愛し合っていけると、信じている——。

END

あとがき

本書を手に取ってくださった皆さま、本当にありがとうございます。

今回のお話は、エリート外科医との恋ですが、私自身、書きながらとても大変だった作品のひとつです。

なぜなら、私の生活のなかで、ドクターも病院も、とても遠い存在だからです。

この作品は恋愛小説なので、医療の描写というのは作風から外れるのかなと考えたり。でも、あまり病院の描写がないのは、ドクターとの恋という雰囲気が出ないし。と、試行錯誤を繰り返しながら書いていきました。

さて、ヒロインの久美ですが、営業ウーマンとして、仕事をとても頑張っていました。そんなとき、不本意な事故に遭い、自暴自棄になってしまいます。

仕事をしていると、理由は違えど、きっと同じような経験をされた方もいるんじゃないかなと思います。

順調に進んでいた仕事を失うというのは、計り知れないダメージです。でも、そこを救ってくれた柊也に、久美は感謝をしながら恩返しをしようと考えます。

そこからふたりの恋愛が始まっていくのですが、自分の悲しい思いや、やりきれない気持ち、それを受け止めてくれる人がいることがどれほど幸せか、それをこの作品では書いてみました。自分も相手も尊重する、大人の恋愛です。

これからも、ハッピーな読後感いっぱいの作品を書いていけたらいいなと思いますので、応援をよろしくお願いいたします。

最後に、いつも優しくハッピーな気持ちになれるように私を支えてくださる担当の鶴嶋様、そして作品を輝けるようにアドバイスをくださり、勉強をさせてくださる編集協力の妹尾様、ドキドキとキュンキュンの詰まった素敵なイラストを描いてくださったぽぽるちゃ様、本当にありがとうございました。

そして、いつも応援してくださる読者の皆様、感謝でいっぱいです。どうぞ、これからもベリーズ文庫と花音莉亜をよろしくお願いいたします。

この作品に携わってくださったすべての皆様に感謝を込めて。

ありがとうございます。

また、お会いできるときまで失礼いたします。

花音莉亜《かのんりあ》

花音莉亜先生への
ファンレターのあて先

〒104-0031
東京都中央区京橋1-3-1
八重洲口大栄ビル7F
スターツ出版株式会社　書籍編集部　気付

花音莉亜先生

本書へのご意見をお聞かせください

お買い上げいただき、ありがとうございます。
今後の編集の参考にさせていただきますので、
アンケートにお答えいただければ幸いです。

下記URLまたはQRコードから
アンケートページへお入りください。
http://www.berrys-cafe.jp/static/etc/bb

エリート外科医と過保護な蜜月ライフ

2018年11月10日　初版第1刷発行

著　者　花音莉亜
©Ria Kanon 2018

発行人　松島 滋

デザイン　カバー　吉野知栄（CoCo.Design）
フォーマット　hive & co.,ltd.

校　正　株式会社　文字工房燦光

編集協力　妹尾香雪

編　集　鶴嶋里紗

発行所　スターツ出版株式会社
〒104-0031
東京都中央区京橋1-3-1　八重洲口大栄ビル7F
TEL　販売部　03-6202-0386（ご注文等に関するお問い合わせ）
URL　http://starts-pub.jp/

印刷所　大日本印刷株式会社

Printed in Japan

ISBN 978-4-8137-0563-5　C0193

ベリーズ文庫 2018年11月発売

『冷徹社長は溺あま旦那様 ママになっても丸ごと愛されています』　西《にし》ナナヲ・著

早織は未婚のシングルマザー。二歳になる娘とふたりで慎ましく暮らしていたけれど…。「俺と結婚して」――。かつての恋人、了が三年ぶりに姿を現してプロポーズ！　大企業の御曹司である彼は、ずっと早織を想い続けていたのだ。一度は突っぱねる早織だったが、次第にとろとろに愛される喜びを知って…!?

ISBN 978-4-8137-0561-1／定価：本体630円＋税

『ご縁婚～クールな旦那さまに愛されてます～』　葉月《はづき》りゅう・著

恋愛未経験の初音は経営難の家業を救うため、五つ星ホテルの若き総支配人・朝羽との縁談を受けることに。同棲が始まると、彼はクールだけど、ウブな初音のペースに合わせて優しく手を繋いだり、そっと添い寝をしたり。でもあるとき「あなたを求めたくなった。遠慮はしない」と色気全開で迫ってきて…!?

ISBN 978-4-8137-0564-2／定価：本体640円＋税

『エリート外科医と過保護な蜜月ライフ』　花音莉亜《かのんりあ》・著

事故で怪我をし入院した久美。大病院の御曹司であるイケメン外科医・堂浦が主治医となり、彼の優しさに心惹かれていく。だけど彼は住む世界が違う人…そう言い聞かせていたのに、退院後、「俺には君が必要なんだ」とまさかの求愛！身分差に悩みながらも、彼からの独占愛に抑えていた恋心が溢れ出し…!?

ISBN 978-4-8137-0563-5／定価：本体630円＋税

『【溺愛注意！】御曹司様はツンデレ秘書とイチャイチャしたい』　きたみまゆ・著

大手食品会社の専務・誠人の秘書である詩乃は無愛想で、感情を人に伝えるのが苦手。ある日、飼い猫のハチが亡くなり憔悴しきっていると、彼女を見かねた誠人が自分の家に泊まらせる。すると翌日、詩乃に猫耳と尻尾が!?「ちょうどペットがほしかったんだよね」――専務に猫かわいがりされる日々が始まって…。

ISBN 978-4-8137-0562-8／定価：本体650円＋税

『独占欲強めな社長と政略結婚したら、トキメキ多めで困ってます』　藍川《あいかわ》せりか・著

兄が経営するドレスサロンで働く沙織に、大手ブライダル会社の社長・智也から政略結婚の申し出が。業績を立て直すため結婚を決意し、彼の顔も知らずに新居に行くと…モデルさながらのイケメンが！　彼は「新妻らしく毎日俺にキスするように」と条件を出してきて、朝から晩までキス＆ハグの嵐で…!?

ISBN 978-4-8137-0565-9／定価：本体630円＋税

タイトル、価格等は変更になることがございますのでご了承ください。

ベリーズ文庫 2018年11月発売

『しあわせ食堂の異世界ご飯2』 ぷにちゃん・著

料理が得意な平凡女子が、突然王女・アリアに転生!? ひょんなことからお料理スキルを生かし、崖っぷちの『しあわせ食堂』のシェフとして働くことに。アリアの作る絶品料理は冷酷な皇帝・リントの胃袋を掴み、彼の花嫁候補に!? 幸せいっぱいのアリアだったが、強国の王女からお茶会の誘いが届いて…!?

ISBN 978-4-8137-0568-0／定価：本体620円＋税

『皇帝陛下の花嫁公募』 水島《みずしま》 忍《しのぶ》・著

没落貴族令嬢のリゼットは、皇帝陛下・アンドレアスの皇妃となって家計を助けるべく、花嫁試験に立候補する。ある日町で不埒な男に絡まれ、助けてくれた傭兵にキスされ、2人は恋に落ちる。実は彼は身をやつしたアンドレアス本人！ そうと知らないリゼットは、彼のアドバイスのお陰で皇妃試験をパスするが…。

ISBN 978-4-8137-0566-6／定価：本体650円＋税

『冷酷な騎士団長が手放してくれません』 朧月《おぼろづき》あき・著

辺境伯令嬢のソフィアは正義感がある女の子。子供のころから守ってくれている騎士団長のリアムは同士のような存在だった。年頃になったソフィアは政略結婚させられ、他国の王子の元に嫁ぐことに。護衛のためについてきたリアムに「俺が守る」と抱きしめられ、ドキドキが止まらなくなってしまい…。

ISBN 978-4-8137-0567-3／定価：本体640円＋税

ベリーズ文庫 2018年12月発売予定

Now Printing

『リトライ最愛婚〜愛を語らう時間をください〜』 黒乃《くろの》梓《あずさ》・著

事故に遭い、病室で目を覚ました柚花は、半年分の記憶を失っていた。しかもその間に、親会社の若き社長・怜二と結婚したという衝撃の事実が判明！　空白の歳月を埋めるように愛を注がれ、「お前は俺のものなんだよ」と甘く強引に求められる柚花。戸惑いつつも、溺愛生活に心が次第にとろけていき…!?

ISBN 978-4-8137-0580-2／予価600円＋税

Now Printing

『花嫁が恋に落ちるとき〜イジワル社長の甘い策略』 砂原《すなはら》雑音《のいず》・著

婚約者に裏切られ、住む場所も仕事も失った柚香。途方に暮れていると、幼馴染の御曹司・克己に「俺の会社で働けば？」と誘われ、さらに彼の家でルームシェアすることに!?　ただの幼馴染だと思っていたのに、家で見せるセクシーな素顔に柚香の心臓はバクバク！　朝から晩まで翻弄され、陥落寸前で…!?

ISBN 978-4-8137-0581-9／予価600円＋税

Now Printing

『エリート弁護士は独占欲を隠さない』 佐倉《さくら》伊織《いおり》・著

弁護士事務所で秘書として働く美咲は、超エリートだが仕事に厳しい弁護士の九条が苦手。ところがある晩、九条から高級レストランに誘われ、そのまま目覚めると同じベッドで寝ていて…!?　「俺が幸せな恋を教えてあげる」——熱を孕んだ視線で射られ、美咲はドキドキ。戸惑いつつも溺れていき…。

ISBN 978-4-8137-0582-6／予価600円＋税

Now Printing

『狙った獲物は逃がさないよ』 滝井《たきい》みらん・著

社長秘書の柚月は、営業部のイケメン健斗に「いずれお前は俺のものになるよ」と捕獲宣言をされ、ある日彼と一夜を共にしてしまうことに。以来、独占欲丸出しで迫る健斗に戸惑う柚月だが、ピンチの時に「何があってもお前を守るよ」と助けてくれて、強引だけど、完璧な彼の甘い包囲網から逃れられない!?

ISBN 978-4-8137-0583-3／予価600円＋税

Now Printing

『アンソロジー（タイトル未定）』

「結婚前夜」をテーマに、ベリーズ文庫人気作家の若菜モモ、西ナナヲ、滝井みらん、pinori、葉月りゅうが書き下ろす極上ラブアンソロジー！　御曹司、社長、副社長、エリート同期や先輩などハイスペックな旦那様と過ごす、ドラマティック溺甘ウエディングイブ。糖度満点5作品を収録！

ISBN 978-4-8137-0584-0／予価600円＋税

タイトル、価格等は変更になることがございますのでご了承ください。

ベリーズ文庫 2018年12月発売予定

『王宮恋情演義～堅物皇子は新妻を寵愛する～』 真彩《まあや》-mahya-・著

Now Printing

貴族の娘・鳴鈴に舞い込んだ縁談の相手は、賊に襲われたところを助けてくれた武人・飛龍。なんと彼は皇帝の子息だった！彼に恋情を寄せていた鳴鈴だが、堅物な彼は結婚後も一線を引き、鳴鈴を拒絶。しかしある日、何者かに命を狙われた鳴鈴を救った飛龍は、これまでと違い、情熱的に鳴鈴を求めて…!?

ISBN 978-4-8137-0585-7／予価600円＋税

『クールな公爵様のゆゆしき恋情』 吉澤紗矢《よしざわさや》・著

Now Printing

貴族令嬢のラウラは、第二王子のアレクセイと政略結婚が決まっていた。彼に愛されていないと不安に思ったラウラは、一方的に婚約を解消。実家に引きこもっていると、新たな婚約の話が舞い込んでくる。相手は顔も名前も知らない公爵。アレクセイのことを忘れようと、ラウラは結婚の話を受けるけれど…。

ISBN 978-4-8137-0586-4／予価600円＋税

『異世界に召喚されたら、公爵様に溺愛されました』 白石《しらいし》まと・著

Now Printing

植物研究所で働くOLのまゆこは、ある日の仕事帰り転んで暗い穴に落ち…、気づいたらそこは異世界だった！まゆこは公爵のジリアンに呪いを解くために召喚されたのだった。突然のことに驚くまゆこだったけど、植物の知識を活かしてジリアンを助けるのに尽力。そして、待っていたのは彼からの溺愛で…!?

ISBN 978-4-8137-0587-1／予価600円＋税